神前酔狂宴

古谷田奈月

河出書房新社

神前酔狂宴

1

　もとは人だが、今は神で、都心の喧噪の及ばない暗がりにそれぞれ祀られている。明治期に偉勲を立てた椚萬蔵と高堂伊太郎は国を愛する人々から深く敬われ、軍神となった現在も、椚大将、高堂元帥、と親しみを込めてそう呼ばれている。明治神宮の東西に社殿を構え、俯瞰するとまるで跪く二人の忠臣のようなので、生前誓った天皇への忠誠を今なお示し続けているのだと言う人もいる。

　しかし高堂神社に併設された高堂会館、その中の披露宴会場で働く浜野にとって、一対の神といえばこの二人だ。神前結婚式を終えてきたばかりの二人、片やグレーのタキシード、片や白のドレスを着た二人、この日のためにと繕ってきた神々しさを引きずって、今、もったいぶった足取りでやってくる二人。浜野は両開きの大きな扉の片側に立ち、背筋を伸ばして微笑を浮かべる。こちらももちろん取り繕った体裁だが偽りはない、何せ相手は金を生む神だ。反対側に立った梶もきっと同じ笑みを浮かべ、同じことを考えているはずだった。浜野が営業事務所のゴミ箱から拾った見積書をゆうべ一緒に見たときのこと、そこに書かれた驚愕の金額のこと——会場使用料、控え室使用料、美容代に衣装代に料理代。嘘だろ、おれたちいつもこんな高いメシ出してんの？　そう言って笑ったラーメン屋でのこと。ブーケトス一万、キャンドルサービス十万、完全に狂ってる！

しかもそのとき、さらに素晴らしい発見をしたのだ。回転させてなんぼのラーメン屋に長居するのは垢抜けない田舎者だけだと常々言っている梶が、食べ終わっても立とうとせず、見積書をじっと見つめてこう言ったのだった。「これって、つまり、何もないところから金が生まれてるってこと？」

浜野は驚き、すぐには答えられなかった。一点を穿つような力のある梶の細い目に見つめられ、たっぷり三秒もぼんやりしてからやっと頭が追いついた。梶の言うとおりだった。ただローソクに火をつけるだけのことに十万払い、小さな花束を放り投げるだけのことに一万払う。新郎新婦という客は、何もないところに金を出しているのだ。何もないところから金を生み出す神なのだ。

自分の目が輝いていくのを感じながら、「うん、そうだ」と浜野は呟いた。「ゼロから何百万も生まれてるんだ。で、そこからおれたちの給料が出てる」

「てことはおれたち、幻の金で生きてる」

「てことはおれたち、幻のラーメン食ってる」

幻のラーメン食ってる！　浜野と梶は同時に叫び、迷惑そうな、でもどこかまんざらでもなさそうな店主と目を合わせて大笑いした。

その幻の金を生み出す神が、今、浜野と梶の控えた扉の前に横並びになった。「本日は誠におめでとうございます」彼らの正面に立った会場責任者（キャプテン）の入江（いりえ）がそう挨拶するのに合わせ、浜野と梶も頭を下げる。わたくしお二人のご披露宴を担当させていただきます、入江と申します、と続けるキャプテンの制服が、新郎新婦の輝く衣装に相反する真っ黒のタキシードであることが浜野には妙にしっくりくる。入江が入場の流れについて説明しているあいだ、浜野は目を伏せ、なるべく新郎新婦を見まいとする。幻の金を生み出す神に顔があっては興醒（きょうざ）めだ。

やがて説明を終えた入江が、体ごとくるりとこちらを振り返った。神と直接言葉を交わす権利、それどころか彼らに指示を出す権利さえ持つ者特有の鋭い目で素早く二人の部下をにらみ、低く囁（ささや）く。「三秒」

浜野と梶は浅く頷（うなず）き、扉の前に向き合って立った。そして棒形のドアハンドルを握る。では参ります、と最後にそう言い置いて入江が去ると、新郎新婦はたちまち緊張し始める。入江によって整えられた姿勢を崩さぬよう固まったまま、わかりきったことを確認し合ったり、わざとらしい冗談を言い合ったりする。その気になれば二人の会話に加わって、新人らしい陽気さで彼らの緊張を紛らわせてやることもできる。しかし浜野にとって神々のためにすべきことは、キャプテンから下った指示だけだ。三秒。

　マイクを通した司会者の声が、やがて厚い扉越しに響いてくる。はっきりとは聞き取れないがおそらくは新郎新婦の名が、結婚披露宴の開幕が、会場全体に告げられているだろう。招待客たちは静まり返り、照明は落ち、スポットライトがそのかわりに狙いをつけているだろう。するとひときわ大きく発せられた声が、今度ははっきり聞こえてくる――新郎、新婦、ご入場です！　音楽が鳴り始め、その瞬間から浜野と梶は数え始める。入場者たちが心構えできるよう、わざと声に出してやる。「いち」「に――」

　さあご開帳！　思い切りよく引き開けた扉と壁のあいだ、ぴったり一人ぶんしかないその薄暗い空間で、浜野は拍手喝采の音を聞く。それは三秒前までこの厚い境界線に隔てられていた二つの世界が、とうとう一つになったことを示す音だ――祝福の音、混沌の音、そして何より黄金の音。神々を迎え入れた人々の拍手のひと打ちひと打ちが、浜野には金が生まれる音に聞こえる。祝儀の額と同じだけ鳴り響いているように聞こえる。二百、三百、四百と膨れ上がっていくその音が五臓六腑をあたためてくれ、血を巡らせてくれるのを感じる。

　新郎新婦が遠ざかると、それに合わせて浜野はゆっくり扉を閉めていく。同じように反対側を閉める梶と十数秒ぶりに顔を合わせ、どちらからともなく笑みを浮かべる。今日の稼ぎと退勤後のラーメンに思いを馳せながら、左右の扉をぴたりと合わせ、二神をすっかり閉じ込めてしまう。

　高堂会館で働いていながら高堂神社の神をさほど身近に感じないのは、結局、神社そのものが身近でないからだった。会館勤務の浜野にとって神社は挙式会場でしかない。その挙式さえ、終日会館内でばたついている配膳スタッフにはほとんど目にする機会がないのだ。

　わずかながら神社との繋がりを感じるのは、朝、境内を通り抜けるときだった。出勤時間は日によって違ったが、土日はだいたい八時半から九時のあいだにＪＲ原宿駅を降り、日中の混みようなど想像もできないほどうら寂しい、しかしゴミや嘔吐物やカラスの羽音で彩られた竹下口を抜ける。そこから千駄ヶ谷方面へ向かい、もしイヤホンで音楽を聴いていなければ明治通りの交通の音が遠くから聞こえてくる小道を進んでいく。やがて左手にタトゥースタジオとパンク系のシルバーアクセサリーショップが現れるので、その二軒のあいだの狭い路地に、逃亡者のような心地で潜り込む。十数メートルばかり行き、短い階段を上る。すると急に木々に囲まれ、空気が澄む。たちまち人と街の臭いが消える。音楽が耳障りになる。イヤホンを外し、怖いほどの静けさについ聴き入る。

　明治通りに面した表門と違い、この裏門には鳥居も注連縄もないので、どこか冷たい感覚が身を包んだら境内、と浜野は自然とそう覚えた。地元の人々からは高堂の森と呼ばれる、守るように社殿を包むその深い木々のあいだを、息を凝らして進んでいく。

朝陽の中、白袴（しろばかま）の見習い神職（しんしょく）が掃き掃除をしている姿が目に入ると、別の緊張が生まれはしたがそれでも人心地がついた。おはようございます、と彼らに声をかけ、おはようございます、と返してもらうと、そこでようやく境内での自分の居場所が生まれるような気がするのだ。だから浜野は、住む世界はまるで違うが歳はそう変わらないと思われる、この白袴の青年たちにいつも必ず挨拶した。返ってくる見習い神職たちの声は、よそよそしくも柔らかな響きをもっていた。

挨拶すべき対象はほかにもあり、言うまでもなく、それは御祭神（ごさいじん）だった。入り口として浜野が使う裏門が境内の南西にあるのに対し、職場の高堂会館は北東にあり、対極に位置するその職場に向かう道のりのちょうど中ほど、境内中央に拝殿（はいでん）はある。正式な参拝が義務づけられているわけではなかったが、お参りの場であり神前式場でもある拝殿前を素通りすることは許されなかった。参道の途中で足を止め、体ごと拝殿のほうを向く。そして深く一礼する。神前と呼べる場所から優に五十メートルは離れているが、それでもそうする。

これは勤務初日、ここで働く上で知っておくべきほかの細かな決まりと一緒に、先輩の汐見（しおみ）から伝えられたことだった。更衣室はここ、通用口はここ、この台帳に入り時間と名前を書いて、この名札を胸につけてという流れの中で、「あ、それから、拝殿の前では必ず一礼」と言われたのだ。二十八歳、常勤の汐見は二〇〇三年のこのときすでに勤続十年のベテランで、ぴったり十歳若い浜野と梶の教育係でもあった。だからその汐見から「神社さんとの付き合いってのが、ここじゃ何より大事だから」と言われればそうかと思う以外になく、浜野はただ単純に従った。出勤前に一礼。退勤後に一礼。これも仕事。

高堂神社と椚神社のおおまかな関係を教えてくれたのも汐見だったが、それはひとえに「椚さんらの前ではくれぐれも行儀良くすること」と言い聞かせるためだった。

椚さん、と高堂会館のスタッフが呼ぶとき、それは椚会館から手伝いとしてやって来る二、三名の給仕（きゅうじ）を指す。毎週末、彼らは自分たちの職場がある参宮橋から千駄ヶ谷にある高堂会館までてくてく徒歩でやってきて、親族控え室の一つを受け持つのだ。いったいどのような指定をすればそうなるのかと思うような野暮（やぼ）ったい緑色をした、男性はブレザー、女性は丈長のフレアワンピースという制服に身を包み、いつものろのろと不慣れな動作で飲み物や軽食を運んでいた。男女ともにワイシャツに黒ベスト、黒スラックスという高堂会館のギャルソンスタイルに囲まれると椚会館の制服はぎょっとするほど時代遅れに見えたし、二、三名でまかなえる簡単な仕事をわざわざ、お世辞にも有能とはいえない外部者に頼むというのも理解しがたく、初めて仕事に就（つ）いた日から浜野は彼らの存在が不可解だった。

しかし汐見に言わせれば、「それもやっぱり付き合いってやつだよ」ということだった。「神社さん同士の、昔からの。おれらがとやかく言うことじゃない。それにうちは一日に八件から十件も婚礼をやるけど、椚さんとこは一日一組限定なんだ。会館の会場もうちみたいに四つもない、一つだけだから、たぶん人が余ってるんだろ。とにかく、椚さんもお客さんだと思って行儀良くすること」

浜野はもちろん、その教えもすんなり素直に飲み込んだ。椚さんや椚神社との関係を気にするどころか、自分のところの神社に祀られている高堂伊太郎のことさえよく知らないのだ。

もしかしたら、日本史の授業で一度くらいはその名を耳にしていたかもしれない。しかし浜野の時の流れにおける興味は常に前方にあったので、五十年後、百年後、三百年後の日本がどんな様相を呈しているか、じき歴史になる何がこれから起きていくかということならば楽しく考えていられたが、過去のことにはどうにも関心が持てないのだった。過去に起きた事柄というのは、たとえどんなに陰惨な史実でも浜野にとっては安全地帯だった。安全で、そのために退屈な世界。自分の力の及ばない世界。

「高堂伊太郎って誰ですか」

そう聞いたのは梶だった。さすがに高堂会館でのことではなく、幡ヶ谷にあるカサギスタッフという派遣事務所でのこと、雑居ビルの中の一室で二人一緒に面接を受けているときのことだった。ブライダルの現場にはなんの興味もなかったが、割のいいアルバイト先を探していた浜野は、求人広告に太字で出ていた「時給一二〇〇円～」の文字にひょいとつられて応募したのだ。

面接といってもウエイターとしての適性をはかられるようなことはなく、この銀行で口座を作れとかソムリエナイフを買っておけとか、面接を担当した新田という中年男はのっけから採用を前提にした語り口だった。一度に複数の登録希望者を相手にするのも、どうせ同じ話をするだけだからという理由のようだった。

梶とはそこで初めて会った。口調も仕草も荒っぽく、広告に記載されていた身だしなみの規則のほとんどすべてに反していたので、こいつは本当に採用される気があるんだろうかと浜野は内心驚いていたが、新田は梶の細い眉、金色の髪、ピアスだらけの耳を見ても少しも動じなかった。「仕事中、ピアス外せる？」「髪、黒く染められる？」「ジェルでがっちり髪セット、できる？」と慣れた口ぶりで確認しただけで、「はい」「もちろんです」「問題ないです」と頷く梶の素直で真剣な態度には、むしろ好感を持ったようだった。

新田が何より気に入ったのは、二人の若さと自由さだった。十八歳、フリーター、アルバイト経験はあるが飲食業界で働いたことはない——それらは間違いなく不利な要素だろうと浜野は思っていたが、プライドが高い上に経験知を振りかざしてあれこれ意見してくるホテル勤務のベテランウエイターの扱いに日々手を焼いていた新田は、若く、余計な知識がなく、指示されたことに疑問を持たない無垢(むく)な新人を求めていた。試験だの留学だのでしょっちゅう穴を空ける学生でないというのもまた、彼の気に入ったところだった。

カサギスタッフは多くの有名ホテルや結婚式場と取り引きがあり、通いやすいところなり憧(あこが)れがあるところなり自由に職場を選んでいいと新田は言ったが、「でも常勤として長く働くなら、おすすめはここ」と、特別な客にしか教えない裏メニューのように高堂会館の資料を差し出した。「高堂はいいよ。建物はちょっと古いけど、働きやすさはほかの現場の比じゃない。古株たちがみんなすごく雰囲気いいんだ、ざっくばらんで、面倒見良くてさ。それにお客さんに人気のある会場だから、毎回長時間働けるよ。土日だけでも月十三万くらい稼げる、新人でもね。常勤ならその倍は狙えるかな」

「月二十六万！」浜野は思わず色めき立った。一人暮らしを始めたばかりで、頭にはほとんど金の心配しかなかったのだ。「ぼく、常勤で入ります」

　しかし隣に座った梶は、「ちゃんとしたとこなんですか？」と意外にも懐疑的だった。「高堂会館なんて聞いたことないし、名前もめちゃくちゃ地味ですけど」

「由緒があるってことでいえば、大手のホテルよりちゃんとしてるよ。神社が母体だから」新田は可笑しそうに答えた。「千駄ヶ谷の高堂神社。会館もその境内にあるんだ。神社と会館は一応別の組織なんだけど、宮司がすべての権限を持ってるから、まあ、親会社と子会社って感じかな」

「高堂神社……」

「高堂伊太郎を祀ってる」

「高堂伊太郎って誰ですか」

「梶くん、ちゃんと歴史の授業出てたか？」

　大人相手に物怖じせず話していた梶は、そこで初めてたじろいだ。首から耳がさっと赤らみ、頬には歯嚙(はが)みの強張(こわば)りが浮いた。

「ぼくも知らないです」言わねばならない気がして、浜野はすぐにそう言った。「授業は出てましたけど、ほとんど聞いてなかったんで」

「そう？　わりと有名な人だけどね」

「有名人とかあんま興味ないんですよね」

「じゃあ地元の長野にいた頃も、その――」新田はそこで浜野の履歴書を確認した。「きみは、脚本ばっかり書いてたのかな。シナリオスクールがあるときは、仕事には入れないって書いてあるけど」

「いいえ、脚本はまだ書いたことないです。書き方を教わるためのシナリオスクールかなって……、違うのかな。別になんでもいいんですけど。習いごとくらいに思ってるし」

「ということは、本気で脚本家になろうと思ってるわけじゃない？」

「あの、これからのことなんで……」

「うん」

「だから、自分がどう思うかまだわかんないです」

「でも興味はあるわけだろ」

「いや、別に……」そこでようやく、浜野は新田の怪訝(けげん)そうな目に気が付いた。隣の梶も、じっとこちらを見ているようだった。「あの、ぼく、あれこれ考える癖(くせ)があるだけなんです。人と喋(しゃべ)ってるときとか、授業中とかに、全然関係ないことがふっと頭に浮かんできてわりとそこにはまっちゃうっていう。子どもの頃からずっとなんで、これを生かすか封じるかしないとぼく、死ぬかな、と思って——社会的にって意味ですけど——それでとりあえず生かしてみようってことになって、親に金出してもらって、東京来て、ためしにシナリオスクール申し込んで、みたいな。実家がある松本はそんな田舎でもないんでどうしても東京ってこともなかったんですけど、一人で暮らしてみたかったから、そこはちょっとわがまま言いました。ていうか全部わがままですけど。だからその、脚本に興味湧くかまだわかんないし、松本にいた頃から何か書いてたわけでもないです。むしろなんにも書いてなかった。日本史のノートも真っ白でした。偉い人なんですか？」

「え？」新田は我に返ったように聞き返した。「誰が？」

「高堂……、太郎」

「伊太郎ね」新田は笑った。「まあ、そりゃあ。偉くなきゃ神様にはなれんだろ」

「ああ……」

「明治時代の軍人だよ。日本を勝利に導いた」

「そのへん詳しく知らないと、高堂会館で働けませんか」

新田はまた笑った。あきれていたが、楽しげでもあった。「いや、いいよ。何も知らないままでいい」

そう言われたからというわけではないが、実際に働き始めてからも浜野は高堂伊太郎について調べたりはしなかった。少しばかり汐見から教わったことを除けば、まったく無知のままだった。

それでも拝殿の前に差し掛かれば、一礼する。誰かにとっての神、あるいは、いつも挨拶を返してくれる見習い神職たちが信じるもの。それがそこにある、ということくらいは、せめて認めたいようにも思った。

それに拝殿を過ぎ、境内の東側に入ってしまえばもうこちらの領域、本物の神のことは考えずに済む気楽な世界だった。まだ高堂の森に覆われてはいるが、裏門から入って以来続いていた緊張はほどけ、雰囲気に張りがなくなる。神事とも崇高さとも無縁な、会館の俗な空気になる。

もっとも、そんなふうに感じるのは関係者だからかもしれない。今日初めてここに足を踏み入れた挙式参列者だったら、都心とは思えないこの静けさ、この深い緑の奥に、突如現れる広大な日本庭園を見て思わず息を呑むかもしれない。錦鯉が泳ぐ二百坪の池やその向こうに見えるどこか古風な会館に、神社由来の緊張をより強く感じるかもしれない。でも浜野にとって、そこはもう仕事場兼遊び場だった。森の木々がいったん退き、日の光がたっぷりと降り注ぐ池沿いの道を、世にも愉快な職場に向けて軽快に進む。

披露宴会場で働きだし、やがてその実態を知った浜野がまず心配したのは梶のことだった。

事務所で初めて会ったときから「ちゃんとしたとこで働きたいんだよね」と言っていたからだ。
「ちゃんとしたとこ。ばあちゃんが安心する感じのとこ。わかる？」

　面接を終え、事務所のビルの外階段を降りながらの会話だった。まともに話をするのはそれが初めてだったが、梶は昔からの知り合いのようになれなれしく話したので、ああ、うん、と浜野も付き合いの長い相手によくするようにいい加減な相槌（あいづち）を打った。

「ちゃんとしたとこって、別に社員として雇ってもらえるとかそういうことじゃなくてさ」うしろの浜野を時折振り返りながら、梶は熱っぽい調子で続けた。「だっておれ中卒だし。でも手に職つけるっつっても友だちとか先輩みたいに、塗装（とそう）やら土木やら配管やらって気になれなかったんだ。それってなんか、なんていうか、結局またこれまでの自分に似た連中に囲まれる気がして。それでまたばあちゃんに心配かけることになる気がしてさ。ほんと迷惑かけたんだよね、おれ、これまでさんざん。学校とか店とか警察とかにさ、やらかすたんび来てもらって。何回も引っぱたかれて、何回も泣かれて。絶対だめだよね、そういうの。絶対だめだなって思って。だからこれからはもう、ばあちゃんのために生きようって思ってさ。新しい世界に飛び込んで、まっとうな人間になって、ばあちゃんが喜ぶことだけしようって」

　初対面の自分に梶があんまりまっすぐ打ち明けるので、おおー、と今度は相槌にも熱が入った。「だけど、それならでかいホテルとかにしてもらったほうがよかったんじゃないの。名前聞けば一発でわかるようなとこ」

「まあでも、さっきのあのおっさんの、由緒があるって言葉をとりあえずは信じるよ」

「そっか」

「神社とか、たぶんばあちゃん好きだと思うし」

「そっか」

「ピアスなし、黒髪、ジェルでがっちり髪セット――」歌うように呟きながら、梶は階段を降りきった。「次会うときは、お互い悲惨な髪型だな」

「梶くんは顔いかついし、たぶんオールバック似合うよ」

そう言うと、歩道に出た梶は振り返って笑った。いかついオールバックって、それチンピラだからと楽しげに肩を揺らし、面接中も思ったけど浜野くん、テキトーだよねと付け加えた。

地元の友人たちからもよく言われていたその言葉を、浜野は称賛として受け取り、東京に来て初めて気安く話をした人物の髪を眺めた。笑い声と一緒に揺れながら、金色の髪はまるで日の光のように輝いていた。

その輝きを漆黒(しっこく)に塗り込めてしまうことを梶は少しもためらわなかった。高堂会館という職場が「ちゃんとしたとこ」だと祖母に認められたと浜野に報告するときも、心の底から嬉しそうだった。

「事務所のおっさんは正しかった」初出勤日、梶はピアスなし、黒髪、オールバックの制服姿を更衣室の鏡に映し、目を輝かせてそう言った。「うちのばあちゃん、高堂神社を知ってたよ。

高堂伊太郎も知ってたし。立派な人だって。敵軍からも一目置かれた英雄で、近代日本の父の一人だって。そんなすごいところで働くのかって、ここ十年で一番喜んでたよ」

梶の誇り（ほこ）は、しばらくのあいだは純粋な状態で守られた。何しろウエイターの基本として習うことのすべてがあまりに「ちゃんとして」いて、疑いを差し挟む余地などなかったのだ。柔らかい笑顔、完璧な敬語、恭（うやうや）しい動作――これまでいっさい縁のなかったそれらの作法を梶はたちどころに身につけ、みるみるいっぱしのサービスマンに育っていった。

浜野も新人として同じ教育を受けたが、最初のうちは仕事の質におおいに差が出た。たとえば、客のために椅子を引くよう指示されれば梶はホールの果てまでだって飛んでいったが、浜野の場合、健康な人間の着席や起立にアシストなどいるわけがないという個人の価値観がつい勝って、よほど目の前の客でもなければ決して椅子など引かなかった。梶は客に頼まれる前にワインのおかわりを注ぐことにプライドをかけたが、浜野はボトルごとテーブルに置いて勝手にやらせた。梶は客の嘔吐物を始末するべくおしぼり片手にダイブしたが、浜野は、絨毯（じゅうたん）の上に吐くような奴は死んでしまえばいいと思いながら遠ざかった。

「ちゃんとした」職場はどうも合わない、そう思ったがしばらく辛抱して働いた。英雄の威光（いこう）も会館の由緒もいっさい労働へのモチベーションに繋がらなかったが、金のためと思えば頑張れた。

ところが、半年ほど経ったある日のことだった。職場の印象が突然に変わった。そのとき浜野は客入れ前のホールにいて、いつものように担当テーブルの最終チェックをしていただけだった。ナプキンの折り目は逆になっていないか。ナイフとフォークは三本ずつ並んでいるか。それらの柄の先を結ぶときちんと直線になるか。パン皿の向きは統一されているか。グラス類に曇りはないか。席札は曲がっていないか——そうしたことを一つ一つ、テーブルの外縁に沿い、ゆっくり弧を描きながら確認していく。毎度の作業だったが、だからこそだったのか、ある席のシャンパングラスをシャンデリアの光に透かしてみたとき浜野はふと、このグラスはさっきも見たんじゃないかという疑念にとらわれた。自分でも気付かないうちに、おれはもうこのテーブルを何周もしてるんじゃないか、忘れ去られた衛星みたいに、意思も目的もないままひたすらぐるぐる回ってるんじゃないか——

それでふうっと気が遠くなったが、手にしたグラスを落としそうになる類の遠のき方ではなかった。知覚はむしろ鋭くなり、グラスも実際そっと戻した。ただ思考だけが遠ざかり、その後はもう、目の前の光景をそれまでと同じには見られなくなった。

浜野はまず、自分でテーブルに置いたばかりのシャンパングラスに奇異の目を向けた。細長すぎる。それから、ナイフやフォークなどのシルバー類。ピカピカすぎる。ナプキン、席札、装花にクロス——すべてが整いすぎている！

しかもそんなテーブルが、顔を上げればいくつも並んでいるのだった。八名掛けの円形テーブルが全部で十五、だだっ広い会場に並び、規則どおりに身なりを整えたウエイターやウエイトレスたちが取り澄ましてそのそばに控えている。彼らの頭上ではナイフよりピカピカなシャンデリアがぶら下がり、壁には金色の糸が織り込まれたカーテンが掛かり、サンルームには子どもじみた犬のぬいぐるみが雌雄セットで飾られ——雄犬は白いタキシードを、雌犬は白いドレスを着ているのが近くまで寄るとわかる——そのサンルームの窓の向こうには高堂の森が、さらに遠くには神宮の空が見える。ここはいったいなんなんだ？　目に映るものすべての仰々(ぎょうぎょう)しさに、浜野はすっかり愉快な気分になっていた。おれはいったいどこにいる？　今からここで何が始まる？

　今から何が始まるのかは、ほかの円形テーブルより数段華やかに飾られた四角いテーブル、王座の如(ごと)き佇(たたず)まいの一対の椅子が示していた。結婚披露宴が始まるのだ。そんなことはもちろん知っていたが、すでに何度も立ち会っていながら、浜野はこのとき初めてそれを意識した。結婚披露宴って何？　なんでみんな——ねえ、ほんとに——なんでみんな、結婚を披露するの？

　ひと組やふた組の、風変わりなカップルによる思い付きなら理解できた。しかし挙式に披露宴という組み合わせが一般的な婚礼の流れであるのは間違いなかった。高堂会館に入っている水鞠(みずまり)の間、朝凪(あさなぎ)の間、千重波(ちえなみ)の間、そして浜野と梶が働く海神(わだつみ)の間という四つの宴会場も、休日はたいてい二件ずつ、多いときでは三件の披露宴が開かれていた上にずっと先まで予約でいっぱいだった。「次から次へと、いったいどこから湧いて出るんだろう」際限なく現れる新郎新婦たちについて、梶とそんなふうに話したこともある。「せっかくの週末だってのに、結婚以外にみんなすることないのかな？」

　このときようやく十九になろうとしていた浜野には、結婚式や披露宴をしようと考える大人たちの現実はわからなかった。しかし結婚というものが仮に祝うべき節目だとしても――松本で毎日見て育った、絶えず小言を並べる父となるべく家にいまいとする母、という結婚の一つの実態も、この際わきに置いておくとしても――当事者以外の人々にそれを披露するという行為には、人間の何か救いがたいような性質が絡んでいることは本能的にわかった。

　何しろすべてが不自然で、目を見張るほど滑稽なのだ。どの新郎新婦も自分たちが決めた曲で大勢の前に登場し、自分たちで用意した一番立派な席に座り、自分たちで計画したとおりの形式で祝福され、そして、そのことに疑問を抱かないのだ。彼らは自分たちがほかの新郎新婦と判で押したように同じことをしているとおそらく気付いていたが、それでも引出物袋に重いカタログを仕込んでわざわざ招待客の荷物を重くしたし、使い回されてぼろぼろになったイミテーションケーキに大喜びで入刀した。彼らはまた、自分たちの選んだ海神の間が高堂会館でもっとも広くて格式高い会場であり、スタッフも精鋭が揃っているというプランナーたちの言葉も信じて疑わなかったが、このことは特に、浜野には胸が痛むほど可笑しく思えた。何しろスタッフの面々は実際のところ、そのほとんどが仕事に誇りを持っているわけでもなければいかなる新郎新婦の幸せも特に願っていない、その日暮らしの非正規雇用者なのだから。

虚飾の限りを尽くすこと――慣れない仕事に振り回されてこれまでは気付かずにいたが、それが結婚披露宴の本質なのだと確信した瞬間、入退場口のほうから先輩ウエイトレスの声が響いた。「お客様、お見えです」

客入れを開始するという合図だった。隣の卓のウエイターが、もう磨く必要もないだろうに磨いていたグラスを置き、背筋を伸ばして入退場口のほうを向いた。その隣のウエイターも、さらに向こうのウエイトレスも同じようにした。浜野はいつの間にか茶番劇の役者たちに取り囲まれていたことに気付いてはっとしたが、主賓卓を担当する梶がトーションで念入りに椅子を払っていた手を止め、やはり彼らに倣ったのを見て、自分もそのうちの一人なのだと出し抜けに認識した。驚きの勢いに乗り、浜野はみんなと同じように背筋を伸ばした。これまで何度もやってきたその動作には、しかしこれまではなかった力が漲り、やがて現れた客に向けた笑みは完全な作り笑いであると同時に心からのものでもあった。そして、梶やほかの同僚たちより少し遅れて、しかしたっぷりと歓迎の意を込めて挨拶したのだ。「いらっしゃいませ……」

その日を境に、浜野の働きぶりは百八十度変わった。新郎新婦の愚かしさ、披露宴の滑稽さを限界まで高めることこそ我が使命と考えるようになり、全力で働くようになった。接客マナーはもちろん、婚礼における禁忌もしっかり頭に入れ、常に六曜を意識し、テーブルが正しくセッティングされているか目を光らせた。テーブルクロスは山折りの面が高砂のほうを向くようにかける、という類の規則を、浜野はもうくだらないとは思わなくなった。というより、心の底からくだらないと思うからこそ尊ぶようになった。これまでのように一歩も二歩も引いた態度でいては、せっかくの茶番が台無しになる。滑稽さが肝の喜劇では、登場人物全員が愚者であるべきなのだ。

やがて梶もこの喜劇に加わるようになった。やる気はゼロだがクビにならない程度にはやる、という人物像をすでに浜野に見出していた梶は、率先して椅子を引いたり数々の余興を手拍子で盛り上げたりするようになった浜野の豹変ぶりをおおいにおもしろがり、いったい何が起きたんだと興味津々だった。働き始めて半年、新しい仕事にも新しい環境にも慣れ、当初の緊張も失われつつある頃だった。

浜野が営業事務所のゴミ箱から婚礼見積書を拾ってきて、行きつけのラーメン屋でかわるがわるそれを見たのもちょうどこの頃のことだった。夜の賄いを食べたあとさらに表参道沿いにあるその店の豚骨ラーメンを食べる、というのは、会館で丸一日働いてごっそり失われた塩分とカロリーを取り戻すために二人が見つけた生存策だったが、見積書に記された数字の並びにもまた似たような効果があった。会場使用料、控え室使用料、美容代に衣装代に料理代——常識外れの金額を見ているだけで元気が出た。力が湧いた。これはただの喜劇じゃない、最大出力の喜劇だ。しかもそこから生まれるのは、幻由来の金なのだ。

茶番の演出という業務内容だけでもじゅうぶん愉快だったのに、そのうえ賃金が幻から支払われるとくれば、手を抜く理由は本当になくなった。昇給は勤務年数ではなく働きぶりを見て随時検討すると新田に言われていたので、浜野はなんとしても最高額の一六〇〇円まで時給を上げてやろうと決めた。梶もおもしろがってその方針に乗り、自然と競争の恰好になった。

二人の野心を誰よりも喜んだのは、裏方の司令塔としてデシャップ業務についていた汐見だった。披露宴の進行とタイミングを合わせつつ時間内にコース料理を出し切るというのがその仕事で、経験と自信と決断力、そして何より統率力が求められた。本来の汐見は穏やかな人物だったが、披露宴が始まると火がついたようになり、さっさと肉を持って来いとランナースタッフを追い立て、とっとと魚を食わせてこいとホールスタッフをせっつき、必要があれば役職付きの社員だろうと他部署のチーフだろうと内線越しにきっちり苦情を申し入れ、デシャップ台の前から一歩も動かずして披露宴の裏舞台を切り回した。誰もが彼に一目置き、全幅の信頼を寄せていたが、一つ、大きな問題は、その仕事をその水準でこなせるのが彼しかいないことだった。

そこで浜野と梶に白羽(しらは)の矢が立った。二人が時給競争をしていると知った汐見はすぐさまキャプテンの入江にかけ合い、彼らを自分の後継として教育する許可を得た。入江は上にも下にも厳しい人物だったが、汐見だけは完全に信頼されていたので——二人は同期の友人同士で、長年阿吽(あうん)の呼吸で大会場を仕切ってきた仲でもあった——話は早かった。

「客席で愛想振りまいてるうちは、どんなに頑張っても一三〇〇止まりだ。こっちの仕事を覚えてようやくその先へ行ける」汐見にそう吹き込まれ、浜野と梶も乗り気になった。

デシャップ台から的確な指示を飛ばせるようになるためには会館の深部を知る必要がある、ということで、二人は早速薄暗い裏舞台へ放り込まれた。そこはいつ訪れても修羅場じみている厨房や、水音とベトナム語しか聞こえてこない洗い場など、外部から完全に遮断された世界だった。それらの場所で働く人々は孤島で暮らす住民よろしく独自の文化を作り上げていたため、接客とはまた別のコミュニケーション法を身につけることも新たな仕事に加わったが、付き合いという点で苦労したのは意外にも同じ制服を着た連中との関係だった。カサギスタッフ仲間、配膳の裏方仲間、しかし所属する会場は異なる。そういう場合が一番揉め事が起きやすかった。基本的に皆時間に追われてピリピリしている上、同じ仕事をしているせいで相手の粗が見えやすいのだ。そっちの料理が捌けないせいでうちの料理が出てこないとか、あっちの連中は倉庫の使い方が汚いとか、その手の細かな言い争いが絶えなかった。数の少ない備品の取り合いも頻発した。

スタッフの多くが自分の会場に帰属意識を持っていること、と同時にほかの会場を軽視する傾向があることに気付いて浜野はなんとも白々とした気持ちになったが、反対に、梶はカッカと熱くなっていった。そして、一基しかない貴重な運搬用リフトを使う順番を巡ってこれまででもっとも深刻な口論が起きたとき、「そっち何名だ?」と、ついにそう言い出したのだった。

そちらの会場で行われる披露宴の出席者は何名か、つまり規模はどのくらいかという意味の質問だったが、これは、規模が大きくなるほど披露宴を執り行う上での苦労も多くなり、準備も先手先手で取り組まねばならないという共有意識をダシにした、紛れもない脅しだった。何しろ海神の間は高堂会館最大の会場で、ほかが客数で勝てるわけがないのだ。最大収容人数で見ても、水鞠の間五〇名、朝凪の間七〇名、千重波の間九〇名に対し、海神の間は一五〇名と圧倒的だった。

　だからこそ梶は、一撃必殺の技としてその数を持ち出したのだった。「そっち何名だ？」と聞かれて八三、六一、とぼそぼそ答えた千重波の西崎と朝凪の本間に、「一四五」と海神の梶は自信たっぷりに差を見せつけた。ちゃんと話し合おうと抗議する水鞠の岸下のことも、「黙れ、二二」とねじ伏せた。「もう一度言うぞ。一四五だ」

　浜野はなんとかこらえていたが、耐えきれなくなり、そこでとうとう笑い出してしまった。披露宴が持つせっかくの滑稽さを仲間たちの敵意に冒瀆されたような気がしていたが、梶の強弁は披露宴も顔負けの滑稽さだった。それに飲まれて素直に答える西崎と本間、あっさり負けて赤面する岸下、まるで砲台数のように示された数字の並び、そもそもの争いの理由、わざわざ東京まで出てきてこんなことに巻き込まれている自分。何もかもが可笑しくて浜野は一人で笑い転げた。みんなは不審げに浜野を眺めるうちに闘争心をなくし、結局、時間的に切羽詰まっているところを優先するということでその場は手打ちとなった。

　そうこうして一日の仕事を終え、疲れて重くなった足で境内を歩き出すとき、高堂会館という世界に飲まれかけていた自分に浜野はしばしば気が付いた。実際のところ、簡単な仕事ではなかった。与えられた任務をこなすと同時にその一つ一つの滑稽さを笑う、などという余裕を保つのはまず無理だった。冷や汗をかく出来事が毎回必ず一度は起きたし、ミスをすれば落ち込んだ。教わることの中に旧弊(きゅうへい)があればいかにして改めるべきか悩んだ。そういうとき、浜野の心身はすっかり高堂の常識と論理に埋もれ、甚(はなは)だしいときには勤務中ずっと、つまり一日のうち十二時間ものあいだ、浜野独自の感性や価値観は封じ込まれたままだった。

それがそのとき、たちまち息を吹き返すのだ。高堂の森から来る夜風には、その柔らかさとは裏腹に肌を透過(とうか)していきなり腹の中を冷やしにくるような無遠慮さがあった。軽く吹かれるだけで目が覚め、息が軽くなる。起き抜けの心が元気いっぱいはずみだし、そうだすべては幻だった、幻のために身を粉にして働いていたんだったと、飲まれかけていたことさえ愉快に思える。ライトアップされた夜の日本庭園では、その日、新郎新婦が宴後の写真撮影をしていた。白いタキシードと赤いドレスは暗い境内でどぎつく光り輝くことで結婚披露宴の虚構性を浜野に完全に思い出させ、週明けはきっといい場面が書けるだろう、今書いているものはきっといい脚本になるだろうという予感が熱い血になり身中を巡った。

浜野は携帯電話をいじるのに夢中で歩調の遅くなっている梶を振り返ると、興奮にまかせて大声を浴びせた。「早くしろよ、ラーメン食いたい！」

梶は目も上げなかったが、口だけはこちらに応えた。「おれ今日、味玉子トッピングする」

「おれ今日、初めて全部のせにしてみる」

「じゃあおれも、やっぱり全部のせにしてみる」
「だったらちんたらすんなよもう」そう返してから、ふと思い付き、「梶、携帯電話をポケットにしまい、早足で歩き出す」とシナリオスクールで習ったト書きふうに言ってみた。するとＡ４用紙に書き付けるときには感じたことのない、かすかだが確かな万能感をおぼえ、その驚きと楽しさを味わい直すように浜野はもう一度繰り返した。「梶、携帯電話をポケットにしまい、早足で歩き出す」

梶はようやく顔を上げた。たかだか十メートルばかりうしろの顔が、暗さのせいで表情までは読み取れず、ただどうやら笑っているらしいのが肩の揺れと吐息の音でわかった。梶は何か言いたげに吸い込んだ息を飲み込むと、携帯電話をポケットにしまい、早足で歩き出した。万能感がみるみる胸を満たし、浜野は声をたてて笑った。

追いついた梶と並んで歩き出す直前、目が自然と拝殿のほうへ流れ、呼ばれた感じがそのあとで来た。外灯もなく、篝火もとうに消され、そちら一帯はすっかり闇に飲まれている。神社を囲む帳らしく、そこには人の立ち入りを拒む冷ややかささえある。

しかし確かに何かに呼ばれた。拝殿に背を向け歩き出すと、より強くそう感じた。

経験のない感覚で、怯んだが不思議には思わなかったのは、仕事帰りにラーメン屋に寄るようになって以来、退勤後の一礼をしなくなっていたためだった。店に行くには表門から出るのが早く、そうなると拝殿の前を通らない。一礼するためだけにわざわざそこまで行く気にもならない。ただそれだけのことだったが、どこかにずっと後ろめたさがあった。

　しかしそんなふうに筋道を立てられることは、この場合、まったくの謎より恐ろしいことに浜野には思えた。呼び声はつまり神社からではなく自分自身から発せられているということだ。でもなぜ、いつの間に、神に義理など感じるようになったのか。あくまで仕事と割り切っていたつもりの一礼が、一年も続けるうちに信心として胸に刻まれ、いつしか深いところまで達していたのか。

　観念して引き返そうかとも思った。頭を下げれば楽になる。ちょっと元帥に挨拶していこうと軽く誘えば梶も不審がらないだろう。しかし浜野は腕を組み、怯(おび)える胸を押さえ込んで参道を逆行した。恐れは拝殿から離れるほど増したが、足取りはむしろ頼もしくなり、空へと打ち上がる庭園のスポットライト、その光から生まれる新郎新婦の下卑た笑い声に励まされ、浜野はずんずん進んでいった。隣では梶が、「浜野、全部のせが超楽しみ……」とト書きふうの物言いを真似ていた。「全部のせが楽しみすぎて、今にも走り出しちゃいそう」

「違うよ、ト書きはそういうんじゃない」

「何ガキ？」

「トガキ」

　渋柿？　クソガキ。歯磨き。生牡蠣(なまがき)。悪あがき——と二人は交互に脚韻(きゃくいん)を踏み、参道の真ん中を踏んで進んだ。庭園から遠ざかると再び闇が濃くなったが、スポットライトの光が薄れながらも伸び、明治通りのきらめきと結びついたので、それを辿って二人は無事に鳥居をくぐった。

会館での仕事、アパートでの家事、そして創作。この三つが互いに刺激し合うかたちで浜野の日常は勢いよく稼働していた。松本にいた頃の自分を思うと、なんだか信じられないようだった。

中学でも高校でも、浜野はたいていぼんやりしていた。面接のとき新田にも話したように、「全然関係ないことがふっと頭に浮かんで」くる。すると授業中でも、人といても、半分そこからいなくなったようになる。友人には笑われ、教師には叱られ、たまにできる恋人には捨てられる原因になったがやめられなかった。身についた癖でどうしようもないというのもあったが、それ以前に、ただそうしていたかったのだ。

目の前で起きていることより、頭の中で起きていることのほうが浜野は好きだった。目の前でなされる会話より、頭の中でなされる会話のほうが楽しかった。浜野にとって現実とは豊かな舞台を組み上げるための広い広い資材置き場、あるいは肉体の置き場所で、精神はいつもその反対側にあった。

こうしたまま生き続けるのは可能だろうか、可能だとして、具体的にどうすればいいだろう——大学受験に一斉に挑みかかっていく同級生たちから目をそらし、そんなふうに悩んでいた高三の自分に、可能だよ、とできることなら言ってやりたい。未来の浜野はそう思う。そうしたまま生きるのは可能だよ、適当な理由をつけて家から出ればいいだけだ。大事なのは一人になること。とにかく一人になるんだよ。大丈夫、親はそこまで騒ぎやしない。なんといってもあの二人がいる。おまえのお姉ちゃんたちがいる。秀才路線を極めてくれたあの国立大生二人のおかげで、おまえのことは諦めてくれるよ、というか、とっくに諦めてくれてるよ。いい家族！　気楽にいこう。

一人の生活がこれほど性に合っているとは、自分でも驚きだった。一年ももたず松本に帰ることになるかもしれないと、実はそう思っていたのだ。何せ家事などしたことがない。光熱費の支払い方も、ゴミの出し方もよく知らない。それでも一人で目覚める朝と、無人の家に帰る夜に浜野はたちまち魅了され、この暮らしを手放すまいと本気になった。

やってみれば、しかも何も苦ではなかった。料理や洗濯は楽しかったし、掃除は気分爽快だった。トイレはいつもピカピカにした。シャツにはきちんとアイロンをかけた。新居となった北赤羽のアパートは日当たりが良かったので、職場で話したら仰天された上になぜか大笑いされたが、月に一度カーテンを洗う習慣がついた。自分の命を自分で維持しているという実感が、何よりも嬉しかった。

シナリオスクールで脚本の書き方を覚えると、その実感はより確かなものになった。学校を選んだのは父親で、評判やら実績やらをずいぶん気にして決めたようだったが、金を出す以上はこちらに主導権があるのだという息子への圧でもあったようだった。住む町を決めるとき、部屋を決めるとき、引っ越し業者を決めるとき、万事がその調子だった。浜野は決して口を挟まなかった。何せ黙って従えば、それですべて整っていくのだ。戻るあてのない大金をまたたく間に失った父親は、そうしてただ静かに佇んでいる息子を見て、おまえは世界一おとなしい居直り強盗だなと半ば感心したふうに言った。

ともあれその父が選んだシナリオスクールというのが、悪くないところだったのだ。そこには浜野がおおいに警戒していた暑苦しい芸術論や精神論は存在せず、講師はごく実際的な基礎技術を教えてくれ、ペラ換算での時間感覚を身につけさせてくれ、様々な課題で実践させてくれた。浜野は書いた。どんどん書いた。楽しくて仕方なかった。この点において自分はほかの受講生たちと違っているだろうと浜野が確信したのは、それまで何も書いた経験がないことだった。シーンやアイデアが浮かんでも、浜野はずっとそのままにしてきた。特に衝動を感じることもなかったから、文章にも絵にもせず、メモ一枚残すことなくただひたすら脳内に溜め込んできたのだ。それがいよいよ出力の段になり、初動はさながら休火山の覚醒だった。書きたかったのだという発見にまず驚き、書くことで自分の存在が確かになっていく、その強烈な実感にさらに驚いた。いたのかおれも、この世界に。そんなふうに思った。

一年のつもりだったスクール通いはもう一年延長し——だめもとで頼んでみると、渋々ではあったが父はそのぶんの学費も出してくれた——上級のクラスまで進んだ。創作はますますおもしろくなり、小さなコンペで賞をもらうところまでいったが、スクールとの関わりはそこまでだった。受賞した途端に担当講師が師匠面するようになり、今後の面倒を見てやるから助手になれと言い出したのだ。その口ぶりからはこれまで感じたことのなかった芸術論と精神論、さらに何やら権威じみた匂いまでもがぷんぷんと漂い始め、浜野はびっくりして一目散に逃げ出した。上演や映像化への興味も、他人の作品への関心もなかったので、そのところで心性の大きく異なるほかの受講生たちとも距離を置きたくなっていた頃だった。そもそも脚本家になりたいわけじゃなかったとそのときに思い出し、あとは好きにやることにした。

二十五過ぎたらあっという間だぞと汐見からはよく言われていたが、出力の技術が身についた上で足枷（あしかせ）が外れたこのときから、浜野の時はぐんと速度を上げた。次から次へと執り行われる婚礼と、高堂仲間たちとの行楽――スキーに花見に海水浴、鍋パーティーにバーベキュー、旅行気分での免許合宿。そのすべてが現実という資材置き場に投げ込まれ、分解したり、歪（ゆが）んだりしながら作品に組み込まれていった。文句なしのサイクルで、一年、二年と飛ぶように過ぎたが浜野の生活は変わらなかった。虚構の砦（とりで）の塀は高く、完全に守られている気がした。

自分だけの部屋に寝転び、陽に透かせた完成稿を眺めていると、幸せに息苦しくさえなった。可能だよ。そう伝えたくなるのはそんなときだ。そのままでいいよ。今にもっと楽しくなるよ。ほかに誰もいないのに、何もかもが揃ってる、そんな場所にもうすぐ辿り着くんだよ。

2

梶が椚さんと衝突した。二〇〇六年の初夏だった。

もっとも、椚さんに戦意はなく梶が一方的に当たりにいったので、衝突というのはどちらかというと物理面でのことだった。どんでんと呼ばれるスピード勝負の、披露宴と披露宴のあいだの入れ替え作業中、食器をぎっしり積んだワゴンを勢いよく洗い場に運び込んだ梶が、そこで右往左往していた緑ブレザーの椚さんを危うく轢きそうになったのだ。そしてクラクションのような罵声を浴びせた。「道あけろ、このボンクラァ！」

その言葉に応じたのは、たまたま一緒にいた汐見だった。梶の頭にバチンと強烈な平手打ちを食らわせ、「ボンクラはおまえだ！」とすごい剣幕で怒鳴りつけた。ワゴンに積みきれなかったぶんを手運びしていた浜野は、洗い場で働くベトナム人たちとともにあっけにとられてそれを見ていた。

「すみませんでした」汐見はすぐさま緑ブレザーに頭を下げ、引っぱたいたばかりの梶の頭もぐいと押し下げた。「堪忍してください。よく言い聞かせときますんで」

いえいえそんな、お気になさらず、と汐見よりも年上に見える緑ブレザーは穏やかに笑い、その笑顔のまま梶にも会釈した。梶は顔を真っ赤にして汐見をにらみつけていた。

そのすぐあと、なんとか捻出した五分休憩に入るなり汐見は煙草に火をつけ、好きな飲み物を買えと梶に小銭を手渡した。浜野は手近に転がっていたビールラックをひっくり返して椅子がわりにした。従業員用の喫煙所はゴミ置き場のすぐ隣にあったので、喫煙者に付き合うときはいつも悪臭に包まれながらの休憩だった。

「まったく、なんなんだありゃ。肝冷やしたよ。椚さんの前じゃ行儀良くしろって言っといただろうが」汐見はまだいくらか気を高ぶらせていたが、口調はずっと柔らかくなっていた。

「一緒にいたのがおれでまだよかったと思えよ。入江だったらおまえ、問答無用で金玉蹴り潰されてたぞ」

「おれ全然納得いかないんすけど」ゴミ置き場裏の自販機から戻ってきた梶は、平手打ちに乱された髪をかき上げながら言った。「クソ忙しいときにあんなとこうろうろしてるほうが悪いし、おれが普段ボンクラだなんだって言ったって汐見さん、怒ったことないでしょう」

「それは高堂の連中が相手だからだ。さっきのは椚さんだ」

「なんのためにそこまであいつらに気ぃ使わなきゃならないんですか」梶は正面きって反論し始めた。「こっちはぎりぎりの人員で百名超えの宴席回してるんですよ。全員本気で駆けずり回ってどうにか数分休めるか休めないかってときになんで、あんなのろまに邪魔された挙げ句頭下げなきゃならないんですか。へいこらするほど重要な仕事してもらってます？　親族へのお茶出しでしょ？　それだけでしょ？　そもそも手伝いなんかいらないんだ」

「言っただろ。これは神社の話なんだ」汐見は抑えた声で言った。「神社と神社の話、何十年も続いてる付き合いの話。おれたちの出る幕じゃないんだよ、会館の社長ですら口出しできないようなことなんだから。伝統やら慣習やらが絡むと、そういうことって出てくるんだ」

「でも現場は会館だ」汐見が喋っているあいだ勢いよくジュースを飲んでいた梶は、缶から口を離すなりそう言った。「神社同士の話でも、事が起きてるのは会館なんだ。連中が踏み荒らしてるのは高堂会館で、高堂会館で一番でかい会場守ってるのがおれたちなんだ。違います？逆に汐見さんはなんで我慢できるんですか。非合理的で非効率的、汐見さんが一番嫌いなやつじゃん。おれらがちょっと無駄な手順踏むだけでいつもクソミソに言うくせに、なんであれは許すんですか。おかしいでしょ。筋通してくださいよ」

「神社の話に筋もクソもねえって言ってんだおれは」再び荒い口調になって汐見は言った。「おまえはじゃあ自分の筋通せるか。それがどういうことだかわかるか。まず社務所に行ってな、宮司に会わせろって言うんだよ。それで椚の連中を全員出入り禁止にしろって言うんだ、自分の口でそう言うんだよ、おまえできるのか。そうなったら椚さんじゃなくおれたちが切られることになるけど、おれもおまえも入江も浜野もほかのみんなもカサギごと切られて終わるけど、その落とし前つけられるのか。何が筋だ。むやみやたらとイキがってんじゃねえぞ」

汐見は矢のように鋭い白煙をほぼ真下に向けて吐きながら、スタンド付きの赤い吸い殻入れに煙草を押し付けた。腕時計に目をやり、一瞬、指示を出すときのリーダー顔で浜野を見たが、すぐにその目を梶に戻した。「もう一度だけ言っとくぞ。これは神社の話だ」

あと三分やるからこいつに頭を直させろ、と浜野にはそう言い置き、汐見は館内へと通じる通用口のほうへ歩き出した。髪のことですよねと確認してみたい気もしたが、誰も笑わないだろうと思ってやめた。梶は浜野のことも、重いドアを肩で押し開ける汐見のことも見ず、ただ赤い吸い殻入れを凝視していた。崩れた前髪のあいだから、錐のような眼光が覗いていた。

その日を境に、椚さんはそれまでとは違う存在として浜野の中に息づき始めた。梶と彼らをなるべく近付けないようにしようと気を払ううちに、視界の端を時折うろつく影にすぎなかった姿が確かな輪郭を備え、明瞭な色彩を帯びるようになったのだった。

そうしてあらためて見ると、椚さんというのは本当に鈍くさかった。椚会館ではこれが採用の条件なのかと思うほど、彼らは一人残らずうすらぼんやりとしていた。一つ一つの作業は遅く、二度手間を避けようという意思は見えず、視野は狭く、姿勢は悪く、声は客まで届かない。はっきり言って無能だった。だからこそ、そんな彼らを黙って受け入れるしかないという事情の裏に何かとてつもなく大きな力の存在を感じ、「神社と神社」という汐見の言葉がそこで重く甦るのだった。

　椚さんはそういえば、会館というより神社の人間という感じがする。どこか脱俗の雰囲気がある。浜野はふとそう気付いた。制服の色が映るのか、肌は青白く、すれ違うときに立つ風は不思議と冷たい。まるで高堂の森から吹く風がそのまま会館に流れ込んでいるかのようで、それはまた浜野の脳裏に見習い神職たちの姿を呼び込みもした。白袴をつけ、竹箒を持ったあの見習い神職たちがもし会館に迷い込んだらこんなふうになるのではと、トレーに茶托を並べる椚さんたちを眺めて浜野は思った。俗世に不慣れな物腰に、よそよそしくも柔らかな声。妙に遠い、それでいて確かな存在感。

　その印象は無能さよりはるかに強く浜野の胸に取り付いたが、ほかの会場で働く仲間はとうに、そうした不可思議な存在として椚さんを受け入れているようだった。

「なんていうか、つまり、森の妖精っぽいっていうか――」退勤後の更衣室で、千重波の間の常勤の西崎は自分の言葉に苦笑しながらそう言った。「住む世界が違うっていうか。そういう感じはするね。だからなるべく絡まないようにしてる。愛想よくはするけど、関わらない。二階じゃ常識」

　高堂会館の二階には、千重波と朝凪と水鞠、つまり海神の間以外すべての会場が入っており、椚さんたちに割り当てられている親族控え室もこのフロアにあった。海神の間は最上階である三階を広々と独占していたが、その特権的な環境は、こうしてしばしば常識と呼ばれる空気感を知り損ねる原因にもなった。三会場のスタッフが共有のバックヤードを慌ただしく行き交いながら言外に情報交換し合っているあいだ、海神のスタッフは自分たちしかいない三階で何もかも自己完結していくばかりで、時折、「三階ではそういうやり方なんだね」などと遠慮がちに言われたりすると、会館全体で見れば自分たちもまた厨房や洗い場のように隔離された環境にいるのだと浜野は実感するのだった。

　これまで何度もそういう経験をしていたので、西崎の言葉も浜野はすんなり理解できた。自分や梶にはたまに見かけるだけの存在だが、配膳室も共有、備品も共有、動線も共有している二階のメンバーにとって、椚さんは同居人のようなものなのだ。対応の仕方がすでに定まっているのは当然だったし、こちらのように椚、椚と騒いでいるのはかなり今さらなのに違いなかった。

「へいこらするのが常識ねえ」としかし梶はやはり納得しなかった。「なんであんなのがいつまでも居着いてんのか今わかったよ。おまえらが腰抜けだからだ」

　なんとでも言えという感じに笑い、西崎は長机の上に足を投げ出した。更衣室と呼ばれてはいるが、会館の裏手に建つその古い平屋はスタッフ用の食堂と休憩所も兼ねており、会場で使うには古すぎるが完全に壊れているわけでもないといった類の椅子やテーブルががたごたと並べられていた。わずかながら畳のスペースもあり、テレビに本棚に冷蔵庫もある。ついだらだらと居残って、二十年前のスタッフが置いていった骨董品のような漫画本をめくっている今の西崎のような姿は、ここでは少しも珍しくなかった。

「よう、なんとか言えって」その漫画本をパッと奪い、梶は立ったまま西崎を見下ろした。「連中をどう思ってる？　正直に言えよ。うざってえなと思ってんだろ？」

「今のおまえほどじゃないけどな」西崎は精一杯強がったが、言い返すことより笑みを絶やさないことに力を注いでいるようにも見えた。「返せよ、いいから」

「いつも二階の王者気取ってるくせによ、なあ、西崎よお」梶は鼻で笑った。「千重波の戦力はその程度か。マックス九〇名の意地はどこいった。なんであんなののさばらしてんだよ」

「しょうがないだろ。失礼のないようにしろって望月さんに言われてるんだ」

千重波の間のキャプテン、望月の名を聞くと梶は表情を強張らせ、奪った漫画をポイと西崎に放った。ワイシャツのボタンを二つ三つ外しただけでまだベストも脱いでいない梶は、その半端な恰好のまま西崎の隣に腰を下ろし、「その望月さんにこの話をしたら、なんて言われるかおれは知ってる」と言った。「こう言われるんだよ。だって、神社がってな。だって、神社が。昔からの付き合いが。歴史が。伝統が。二十一世紀だぞ！」

嚙み付くように発せられた最後の言葉は、別のテーブルで賄いを食べている面々、テレビで野球の試合を見ている面々、座敷でポーカーに興じている面々をも振り返らせた。

「昔のことをとやかく言う気は別にない。でも今は二〇〇六年、平成一八年、おれたちの時代だ。おれたち仕様にしていいはずだ」そこで梶は西崎から室内全体へと視線を移し、「なあ、みんな高堂好きだろ？」と呼びかけた。「カネはいいしメシはうまいし、楽しい連中ばっかだし。おれは好きだよ。汗水流して働くってのがどんなに大事かを教えてくれたのは高堂だし、そのおかげでばあちゃんに服買ってやったり、旅行に連れてってやったり、そういうことまでできるようになったんだから。大げさじゃなく、高堂で働き出してからおれの人生は変わった。高堂で働かせてもらえてることが本当にありがたいんだ。だから耐えられないんだよ、椚みたいな――」

西崎は派手な咳払いをし、長机に投げ出していた足を下ろした。「上の人たち、いないよな？」とそれから朝凪の間の本間を見た。上の人たちというのはもちろん、入江や汐見や望月といったリーダー格のことだ。本間はポーカーの輪から抜けると、トイレの中やカーテンで仕切られた更衣スペースなどを素早く調べた。「うん、いない」

梶は白い目で二人を見たが、彼らの臆病さを罵(ののし)るかわりに、「椚みたいな連中に、高堂を汚されるのがおれは耐えられないんだ」と声を大きくした。「高堂の一番いいところは、一に結果、二に結果、努力はノーカンのバトルロイヤル方式を採ってるってことだ。勘のいい奴だけが勝てる。できる奴だけがでかく稼げる。これ以上無駄のないやり方はないはずで、会場ごとの違いはあってもだからそこだけは全館共通してるのに、なんで椚がいるエリアだけはそれが適用されないんだ？　なんで奴らの半径五メートル以内に入った途端、みんなあっちのボンクラルールを優先するんだ？　おかしいだろ」

賄いの天丼を食べていた水鞠の岸下が、箸の先を見つめながら呟いた。「治外法権」

「ここは高堂会館だ」梶は叩きつけるように言った。「高堂のやり方でやらせてもらう。上ができないってんなら下が動くしかない。椚を追い出そう。みんなで高堂を守ろう。今はおれたちの時代で、高堂はおれたちの場所だ。賛成の人？」

梶以外、誰も手を挙げなかった。しかしみんなが苦笑いで交わす視線には、一時的ではあれ禁句が禁句でなくなったことへの快感が浮かんでいるように見えた。

「わかった。認める。椚さんらは正直邪魔だ」西崎が二階の代表者然と言った。「でもおれは、そんなことで問題起こして望月さんにがっかりされるほうがいやなんだよ。おまえだってそうだろ。入江さんにも汐見さんにも期待されてるし、時給も順調に上がってる。最近じゃデシャップも任され始めてさ」

「おまえ自分がどれだけ悲しいこと言ってるかわかってないだろ」

「でも、追い出すったってどうするんだよ」本間が口を開いた。もうポーカーに戻る気はないらしく、食堂と台所のあいだの柱に身をもたせている。「椚さんが神社案件ってのは確かなんだ。おれたちにできることなんかないよ」

「こっちから追い出せないなら、向こうに出ていってもらえばいい」本気さを示すように手を挙げたまま、梶は答えた。「へいこらするのをやめりゃいいんだ。それだけだよ。普段どおりに働いて、連中がグズグズしてるところに出くわしたら言ってやるだけだ、グズグズしてんじゃねえぞボケってな。高堂の仲間と同じように椚の奴らにも振る舞う、徹底的に高堂式を貫く、そうすりゃ向こうは出ていくよ。ここは自分たちの居場所じゃないって、何十年遅れかで悟ってさ」

それだって揉めるよ結局、と本間が言い、それ高堂式じゃない、梶式、と西崎が言った。岸下が噴き出してご飯粒を飛ばし、みんながどっと笑った。

つられて一緒に笑いはしたが、通じきらないもどかしさを目元に滲(にじ)ませもしながら、「やろうぜ、みんな!」と梶はわめいた。「おれたちならできるよ。力を合わせればできる。椚を追い出そう。高堂を守ろう!」

「ああもう、浜野ぉ!」

西崎が怒鳴った。梶が西崎から漫画本を奪ったあたりからポーカー組のそばで横になっていた浜野は、その場に自分が存在していたことにびっくりして目を見開いた。それまでも目は開けていたが、口は閉じていたせいか、自分のことを忘れていた。

浜野はゆっくり体を起こした。意識も視点も定まらなかったが、みんなが自分を見ているのが、そして自分の言葉を待っているのがわかった。いっとき張り詰めた空気もすっかりゆるみ、もう誰もが笑顔だが、その雰囲気を確かなものにしたいのだ。梶が本気で革命を起こそうとしているわけではないということを、相棒のような立場の浜野に証明してもらいたいのだ。

期待が次第に重くなっていくのを感じながら、浜野は漠然とみんなを見返した。かぶっていたニット帽の位置をのろのろと直し、それから言った。「ビール飲みにいく人？」

満場一致だった。一人残らず挙手した。意地で手を挙げ続けていた梶まで図らずも揃い、全員で笑って、万事解決のめでたさが部屋に満ちた。

そこからは早かった。座っていた者は立ち上がり、立っていた者は歩き出し、わいわいと更衣室を出た。どのみち誰かが言い出すことだったのだ。浜野と梶もとうに仕事後の一杯を覚え、ラーメン屋ではなく居酒屋に通うようになっていた。

着替えていないのが自分だけだと気付いて慌てだした梶を、待とうとも置いていこうとも思えず、みんなからずいぶん遅れて浜野は歩いた。冷たく軽い初夏の夜気に包まれると、全身がじんわりと熱を持っているのを感じた。寝入りばなにいやな夢を見て飛び起きたときに似た感覚だった。自分の登場しない夢を見ている気でいたのだろう、西崎に呼ばれなければ本当に眠っていたのだろう、前方の一団を眺めながらそう考え、梶は忘れてしまったんだろうかと、これは後方に向けて思った。

自分たちがなぜこの仕事に打ち込んでいるのか。なぜ最高額の時給を目指すのか。結婚披露宴会場で働くということは幻によって生かされることだと、最初に気付いたのは梶だったが、今でもそれをおもしろがっているのは自分だけなのかもしれないと浜野は思った。幻のラーメン食ってる、と一緒に叫んだあの瞬間をきのうのことのように覚えていて、一杯目のビールをより素晴らしいものにするため退勤時間が近付いたら水分はとらないという小技まで使うようになった今でも、その待望の一杯目にありつくとき——冷えたジョッキを打ち合わせ、澄みきった黄金を競うようにあおるとき——おれたち、幻のビール飲んでる、心中でそう叫んでいるのは。

先行する集団が、参道を辿って拝殿前に差し掛かった。中ジョッキを一杯一〇〇円で飲ませてくれるという理由で行きつけの店は皆一緒、原宿駅から徒歩三分の松葉屋だった。原宿方面に向かうということは裏門から出るということ、裏門から出るということは拝殿前を通るということで、松葉屋に通うようになって以来退勤後の一礼から逃れられない日々が続いていたが、こんなに大勢でというのは初めてだった。二〇人近くいる仲間たちは立ち止まって浜野を待った。笑い合い、冗談を言い合いながらこちらを見ているのが、ひどく暗いがはっきりとわかった。そしてさらに遠くを望む、その視線の一途さまでなぜだか感じて振り返ると、小走りに向かってくる梶の影が見えた。浜野はすぐ前に向き直り、歩調を崩さずに歩いた。

みんなは異様にはしゃいでいた。相手の声をかき消そうとするほどの大声で喋り、笑い、あたりには団結と陶酔のにおいが立ちこめていた。梶が照れもせず発した言葉が、今になってみんなをその気にさせ始めたのかもしれなかった——高堂はおれたちの場所だ。

ようやく梶が合流すると、西崎が声高に号令をかけた。「高堂元帥に、敬——礼!」

まだ一滴も飲んでいないのにみんなはまた大笑いし、慣れない動作で敬礼をした。浜野は一人、棒立ちでそれを眺めたが、さほどつらい状況でもなかった。集団の熱気が自分の怠慢をうやむやにしてくれたからだ。コンサート会場で歓声や指笛をほかの客にまかせきりにするのと同じ感覚で、浜野はその日、会釈ひとつせず拝殿前を過ぎた。

団結といっても、その晩限りのものだろうと思っていた。酔いはいつまでも続くものではないし、「上の人たち、いないよな?」という西崎の緊迫した声、確認しに走る本間の焦った足取りは、二階の価値観を象徴する場面に思えた。しかし、椚排斥運動とでも呼ぶべき潮流は――梶の呼びかけを別にすれば――その二階から生まれたのだ。そしてすぐ定着した。危機感も、恐れも、最初からなかったかのようだった。

浜野がそれに気付いたのは、みんなで敬礼した翌週、二階の配膳室からコーヒーフィルターをくすねているときだった。ストックが切れたら一階の備品倉庫まで取りに行くという本来のルールに反する行いだったので、見つからないようにとやたらきょろきょろしていたせいで気付いてしまった。たいしたことじゃないといえばそうだった――ランナースタッフたちとともに厨房から熱々のスープチューリンを運び出してきた西崎が、飲み物の用意をしている椚さんに「もうちょいそっち寄ってくれますか!」と声をかけただけだったのだから。これまでだったら、しかし、そんな言い方はあり得なかった。うしろ通りますと言うだけか、あるいは何も言わないかで、「一応ここ、通路なんで、そのへんちょっと考えて作業してもらえると助かります」と付け加えるなど、考えられないことだった。

以来、二階に降りたときには自然と向くようになった意識の先に、似たような事例をいくつも見つけた。冷たい挨拶、乱暴な頼みごと、敬語の下に隠された威嚇。そして少しずつ遠慮がなくなっていくそれらの行為は例外なく、「上の人たち」の目のないところで行われた。椚さんたちのほうはいっこう変わらず、どう感じているのか、何を考えているのかまるで読み取れなかったが、気付いていないということはあり得なかった。

どうすべきか浜野にはわからなかった。加担するつもりはなかったが、西崎たちにやめろと言う気にも、梶にやめさせろと言う気にもなれなかった。正義と呼ぶに価する感情が自分の中に存在していないことははっきりしていた——椚さんがどうなろうと、新郎新婦の幸福と同じくらいどうでもよかった。ただ唯一、自分のことは救いたかった。二階に降りるたびに感じる息苦しさや、気付いてしまった悔しさから。

しかし結局何もできないまま、変化は日常になった。椚さんを疎んじること、その感情を見咎められない方法で表に出すことは、二階の新たな常識になっていった。

そんなときに倉地が来たのだ。

おれたちの時代だと梶が宣言してから約ひと月後、二〇〇六年六月半ばの、よく晴れた土曜日のことだった。高堂側の人間で初めて倉地に会ったのは間違いなく浜野だった。その日の一件目の新郎新婦が余興のために呼んだマジシャンが道に迷っているので探してこいという指示を受け、おろおろとさまようマジシャンをなんとかセコム前でつかまえたあと、再び戻った表門の前で出くわしたのだ。

まず目に入ったのは制服の色だった。足首まであるフレアワンピースの緑色が、陽射しの下で気が遠くなるほど安っぽい輝きを放っていた。それから真っ白な腕、真っ黒なボブヘア、日の光をたたえた大きな目に気が付き、その目がまっすぐ自分を見ていることに気が付いた。おかしなところは特にないのに、変な子だなとなぜだか思った。

「はい、ご挨拶」一緒にいた、梶にボンクラ呼ばわりされた男性スタッフが倉地に向けてそう囁き、「おはようございます」と、それからこちらに頭を下げた。親鳥を真似る雛(ひな)のように倉地も続いた。「おはようございます」

「おはようございます」浜野もすぐに応じた。「今日もよろしくお願いします」

奇妙な夢でも見ているような気分だったが、それまでのおよそ十分間、雨季を忘れた空から注ぐ陽光に頭を焼かれ、汗をだらだら流しながらマジシャンを探していた浜野は、二人の梢さんと会ったそのときすでに夢うつつの状態だった。配膳という業務名からはとても連想できない任務はこれまでにいくつも課されてきたが、迷子のマジシャンを救出するというのはなかでも群を抜いて筋違いで、まるで披露宴のいかがわしさがとうとう街まで流れ出したかのようで、明治通りを駆けながら浜野はすっかり愉快な心持ちになっていた。そして、黒いトランクを転がして不安そうに歩いている――動かないでくれと電話越しに頼んだのに――マジシャンを発見し、まるまる太ったその中年男性に向け、教えられていた芸名で呼びかけたとき――「シャイニー・プーリーさん！」――真理の気配が鼻先をかすめていくのを浜野は感じた。それは明治通りを、外苑西通りを、表参道を歩くとなぜかいつも書き割りの中に迷い込んだような気がするのと無関係ではなさそうに思えたが、それ以上探るのは平日、アパートにこもって書きものをするときの楽しみにとっておくことにして、そのときはただはずむ心だけ感じていた。お腹を揺らして嬉しそうに駆け寄ってくるマジシャンを、立場上、抱き止められないのが残念だった。

その愛すべきマジシャンを伴い、引き返した先に椚さんたちがいたのだ。彼らが会館の外にいるのを見るのは初めてだったが、少しも意外でなかったどころか、浜野には妙にしっくりきた――外国人観光客と原宿系男女で溢れる休日のこの街に、迷子のマジシャン、案内人のウエイター、そして時代錯誤な緑色の使者。境界はさらに曖昧に、世界はさらに混沌としていくように思われ、浜野はたまらなく誰かに感謝したい気分だった。

二人の椚スタッフは会釈で挨拶を切り上げると、少し奥まったところに立つ鳥居の前まで行き、さっきより深々と頭を下げた。今度は倉地も後れを取らず、先輩同様板についた立ち振る舞いだった。頭を上げ、参道の左端を縦に並んで歩き出した彼らを、一拍ぶん見送ってから浜野は続いた。鳥居前での一礼は省いた。シャイニー・プーリーに何か聞かれたらいやだなと思ったが、そんな作法があること自体このとき初めて知ったのだ。幸い、マジシャンは汗を拭くのに夢中だった。

鳥居をくぐると、高堂の新緑が椚からの使者たちを明るい影で迎えた。倉地のフレアワンピースがその影をまとい、しとやかな、まるで岩陰の苔のような色に変わったのを見て、これが本当なのかもしれないと浜野は思った。椚会館の制服は、神社のそばでのみ映えるよう仕立てられているのかもしれない。倉地の足の動きに合わせ、木洩れ日が裾で躍った。

境内の暗さと涼気は、熱された頭を冷やすのにも役立った。遠慮するマジシャンから半ば強引に預かった重いトランクを引き、池のそばを過ぎながら、自分たちが前を行くべきだったのではと浜野はようやく思い至った。何しろこっちは客を連れている。その客の前で内輪の挨拶など交わすべきではなかったし、道はむしろ向こうに譲らせるべきだった。連鎖式に甦ったウエイターの思考で一気にそこまで考えたが、すべてが自然に流れたことは体がよく覚えていた。押し切られたわけではない。こちらが勝手に引いたのだ。

前を行く倉地は、勇ましい歩みで参道を進んでいった。大真面目だが楽しげで、頼りないが迷いもない。全身から緊張を滲ませているまぎれもない新人だが、同時に、水を得た魚のように境内に馴染んでもいる。

さらわれるまま彼女の姿に視線を預けて歩いていると、遠くから三管の音が、風と木々の葉をつたって届いた。その日何度目かの参進の儀をやっているのだ。神前式における入場の儀式で、神職を先頭に、新郎新婦、親族、その他の参列者の順に並んで進む。池にかかる橋から出発して――朱塗りの欄干のついたこの橋は、松本城の内堀にかかる埋橋によく似ている――高堂の森をぐるりと巡り、参道に戻って拝殿に入る。

そのいかにも民族的な雅楽の音色に浜野はいつまでたっても慣れなかったが、会館にいても、三管の演奏は時折聞こえた。屋上でデザートビュッフェの準備をしているときや大量のテーブルクロスを担いで外階段を上っているとき、金の糸を思わせる音が小さく、細く響いてくる。緊張を強いるその音色は、しかし虚飾に満ちた披露宴にはそぐわず、浜野はいつもこう呟く自分の声で邪魔な音をかき消した。また結婚してる……

ゆるやかな弧を描く池沿いの道が終わると、視界が開け、音ばかりだった参進がとうとうその姿を現した。神職と巫女、三管の奏者が手水舎のわきを過ぎていき、紋付袴の新郎と白無垢の新婦がゆっくりと続く。自分が朝晩の一礼を命じられている場所、仲間たちの敬礼を見て以来、意識的に無心を作り出さなければ従えなくなっているその義務の課されている場所を、朱色の大きな番傘に守られた男女が、大勢の参列者を侍者のように引き連れながら踏み越えていく。参拝客たちは自主的に道を譲り、神妙な面持ちで新婚の二人を見守っている。浜野は歩調をゆるめず進みながら、下に、下に、と胸中で唱えた。自然と浮かんだ言葉だった。下に、下に……

二人の栁さんが、そのとき、ふと進路から外れた。会館へと続く右の小道へ入るはずが、そのまま参道を進んでいく。倉地の足取りはやはり頼もしく、自分が何か根本的な思い違いをしている気がして浜野は思わず立ち止まりかけたが、客を連れている以上は迷えなかった。制服の違う彼らはあちらの、自分はこちらの担当なのだという感じにきっぱりと別れ、少ししてから振り返ると、二人は真っ白な玉砂利（たまじゃり）の上に立ち、花嫁行列に——あるいは拝殿に——頭を下げていた。倉地は物珍しそうにカメラを構える観光客と先輩に挟まれ、浜野が見ているあいだ、ずっと頭を下げ続けていた。

「ちょっと変わった椚の子、見たよ、さっき」会場に戻ってから、浜野はデシャップ台に一四〇名ぶんの真鯛のポワレを並べながら言った。頭がまだ非日常から抜け出ていなかったせいで、その一瞬、椚排斥運動のことを忘れていた。「見たことない子。初めて高堂に来た感じだったけど、なんか不思議な雰囲気だった。なんていうか——」

「おい、手ぶらで帰ってくんな！　グラス一つでも下げてこいって何度言わせんだ」その日デシャップ業務を担当していた梶は、空のトレーを持ってホールから戻った後輩ウエイトレスをそうどやしつけてから浜野をにらんだ。「おまえ、椚のせいでいなかったの？　さっきのあのクソ忙しいスタートダッシュ中？」

「いや、それは営業部のせい。担当プランナーが打ち合わせから抜けられなくて、プーリーさんを迎えに行けなくて……」

「いつまでやってんだそれ、貸せほら」梶はワインの抜栓に手こずっている新人ウエイターからボトルを取り上げ、ポンとコルクを抜いてやってから、「わかった、その話はもういいからいったん下げ場についてくれ」と言った。「あそこが滞ると回らない」

「ランナーから二人抜いていいから、ホールのヘルプに回せよ」腕時計を見ながら浜野はそう提案した。交替で任されるようになったデシャップ業務だったが、二人でようやく一人前だと汐見から言われていたこともあり、どちらが担当しても二人で知恵を出し合うのが常だった。

「慣れてない人多いみたいだし、まだスープもろくに下がってないし。こっちはそのぶん余計に走るから大丈夫。ていうかおれ、もうグラニテ持ってきちゃう」

しかし梶は首を横に振り、「いや、まだだめ」と言った。「グラニテは早い。あと二分待つ。シャーベットはすぐ溶けるから」

「時間もすぐ溶けてくよ。再入場までに肉まで出さなきゃ」

「平気だよ。色直しはよく遅れるし、後半の進行も詰まってる」

「早めに仕掛けたほうがいいって。後半の入江さん、半端なく飛ばすよ。ぎちぎちの進行、一気に消化するよあの人、マジシャンも真っ青のマジックだよ」

「今日はおれが司令官だ」梶は凄むように言った。「明日はおまえ、でも今日はおれ。好きにやらせろ」そして目の前に並ぶ魚料理を取っていくホールスタッフたちを、パンパンと手を叩いて急き立てた。「はい、全員最終ターンね！　このターンで出し切れよ！」

浜野は調理場から魚を運び終えたランナースタッフたちに下げものやグラス補充などの指示を出しながら、脳内が激しく駆動していくのを感じた。会館で働いていると必ず起きる感覚だった。さまざまな動線の錯綜する、しかし実際は秩序だっている現場に身を置き、現状に即した作業順位をまるで戦略を立てるように考えていくうち、頭に火が入ったようになる。次から次へとアイデアが浮かぶ。苦痛なほどに冴えていき、やがて自分でも追いつかなくなる。

書きかけの脚本における新たな場面を思い付くのもこういうときだったが、皿を重ねるのに使っていた環状の皿枠を一つ一つ回収しながら浜野がこのときひらめいたのは、倉地の正体だった。三管の澄んだ音色のかわりに残飯の投げ捨てられる音、皿の積み重ねられる音、シルバー類がラックに投げ込まれる音に歓談のノイズとBGMがいちどきに響く中、なぜ彼女を変わっていると思ったのか、浜野は出し抜けに答えを見つけ、「わかった、人間っぽいんだ」と梶に笑いかけた。「さっき見た椚の子。椚の子なのに人間っぽいの。森の妖精っぽくも、神職っぽくもない、ごく普通の人間っぽい椚さんなの」

梶は腕時計をにらみつけていた目を浜野に移した。「それ、どうしても今しなきゃならない話か?」

「なにちんたらやってんだ梶!」梶の声と、この頃はもっぱらホールでキャプテンの補佐をしている汐見の怒号が重なった。「グラニテどうした、新郎ぼちぼち着替え終わるぞ」

「わかってます、ちょうど取りに行かそうとしてたとこで……」

「それじゃ遅えよ、もうとっくにここにあって、主賓卓ぐらいには出てる時間だ。ほら何ぼっとしてんだ浜野、とっとと動け、行け、行け、行け、全員だ!」

浜野は笑いをこらえながらランナーたちを集めて厨房へ向かったが、汐見は非情にも梶までその群れに放り込んでしまったため、こらえた笑いはそのまましぼんで消えていくばかりになった。一時的な処分ではあれ司令官から一兵卒（いっぺいそつ）への降格を梶が恥じないわけがなかったし、実際、最後尾についた梶の顔は赤く染まっていた。

「海神です、グラニテもらいます！」と大声を張り上げ、浜野は配膳室よりさらに戦場じみた厨房に入っていった。足を踏み入れる前に必ず大声で所属と用件を言うこと、いったん足を踏み入れたら決して止まらず目的の場所まで行くこと、という厨房独自のルールに従って壁際を進み、チャンバーと呼ばれるコンテナ式冷凍庫のドアを開ける。白桃のシャーベットがぴしりと並んだ金属製のトレーを、最初にチャンバーに入った者の義務として浜野はどんどん棚から取り出してはランナーたちに送っていき、最後の梶にも同じく手渡しながら顔色を窺（うかが）った。からかってもよさそうならそうしてやろうと考えたのだったが、梶の後方、開け放たれたドアの向こうに、そのとき、見えるはずのない緑色が見えて思わず鋭い息が漏れた。自分の吐息が、目の前で白く散った。

それを見た梶が、トレーを持ったまま振り返った。と同時に、「あのう……」と倉地が顔を突き出してきたので、彼女が突然現れたことより梶が驚いてトレーを落としてしまうのではないかと、浜野はそちらのほうが恐ろしくなった。降格処分を食らった直後にそんなミスをしたら汐見に見限られるかもしれないし、何よりもまずシェフに半殺しにされる。しかし実際には、トレーを落とすどころか梶は微動だにせず、何もかもが凍りついたその空間で唯一熱を発しているように見える、倉地の桃色の頰を見つめていた。

あの、ともう一度呟いたところで、浜野の顔に見覚えがあると気付いたようだった。倉地はぱっと目を輝かせ、「あ、どうも」とほほ笑んだ。

浜野はなんとか笑い返したが、「入ってください、とりあえず」と手招きした。「立ち止まってると殺されます」

倉地は慌ててチャンバーの中に飛び込み、バタンとドアを閉めた。すると中の照明も外からの光も消え、三人は完全な闇に包まれた。うわ、くら、とつい呟くと、こんなに暗くなるんだなと梶も呟いた。

「ごめんなさい」倉地の心細そうな声が言った。「でも、どうして立ち止まっちゃいけないんでしょうか」

「コックたちがめちゃくちゃに怒るんです」浜野は闇に向けて答えた。「なんていうか、厨房の辞書には迷うって言葉がないっていうか。だからたとえ右も左もわからなくても、目的に向かって一直線って感じでいなくちゃいけないんです、ここでは」

倉地は短く息を吐いた。笑ったようにも、無知を恥じるため息にも聞こえたが、あとに続いたのは後者の声だった。「すみません。知らなくて。わたし、サンドイッチをもらいに来たんです」

「サンドイッチ」梶が意味もなく復唱し、「控え室で出すやつですか？」と浜野が尋ねた。「会場名と両家名がわかれば出しますよ。たぶん、隣のチャンバーに入ってるから」

「チャンバー……」

「今いる、この、超暗くて寒い部屋のこと」梶の声に笑みが滲んだ。「そろそろ開けてくんない。凍えそうなんだけど」

慌てた倉地が勢いよくドアを開け、そこにシェフがぶつかるという悪夢を想像した浜野は、そっとねと声をかけた。倉地は言われたとおりそっとドアを開け、左右をよく確認してから外に出た。ふうと息をつきながら梶が続いた。

「そう、そっち」梶は冷蔵タイプのチャンバーを発見した倉地にそう声をかけてから、冷凍のほうから出てきた浜野に囁きかけた。「何が起きてる？」

浜野は軽く首を傾げ、それから、失礼しますと挨拶してチャンバーの中に入っていく倉地を――中には料理や食材しか入っていないのに――見た。梶の言わんとしていることはわかった。厨房は自分たちでさえいまだに緊張する場所だった。気難しい料理人たちが無自覚に仕掛けた罠だらけの、高堂会館の爆心地だった。よそ者が立ち入るなど考えられないのだ。おまえはなんだ、どこのもんだとシェフに詰問されずに済んだのは自分たちのあとに続いて入ってきたからだろうが、重要なのはそこではなかった。

「会場、どこですか」冷蔵チャンバーの中であらためて尋ねると、倉地は白い前掛けのポケットから全館のスケジュール表を取り出した。「朝凪の間、木村・西宮ご両家様です」

本間たちだ、とドアストッパーがわりに立った梶が呟いた。

「控え室用の軽食って、本来は、その会場の奴らで準備するはずなんですよね……、だからその、高堂の人間が」浜野は皿盛りのクラッカーやサンドイッチが並ぶ奥の棚へと歩いていき、それらに貼られたメモを一つ一つ確認しながら言った。「椚さんにお願いしてるのはウェルカムドリンクだけのはずなんだけど、今日はその、どうしたんだろう。自分たちで取りに行けって言われました？」

「はい」倉地は頷いた。「せっかく長年、椚に任せてきた親族控え室なので、その中のことはせめてやりきってほしいとのことでした」

浜野は目だけ動かして梶を見た。梶は呆然と倉地を見つめ、それからややためらいがちに浜野と目を合わせた。

「なんかすみません」浜野はできるだけ軽い調子で謝った。「いきなり行けって言われても、わからないですよね、場所も何も……」

「いえ、お気になさらないでください」倉地はきっぱりと言った。そしてそれまでの不安顔はむしろ例外だったのだとわかる、堂に入った凛々しさで続けた。「高堂さんのおっしゃることは、何もかもごもっともですから。わたし、今日初めてここへ来たんですけど、ずっと感動しっぱなしなんです。みなさんとてもきびきびしてるし、お互いちゃんと叱り合うのに、それでもすごく仲良しだし。本当に素晴らしいです。梢とは大違い。全然だめです、うちなんて」

そこまで言うと倉地は浜野の横に立ち、自らメモを確認し始めた。浜野は倉地の人差し指が次々とメモを指していくのを目で追いながら、この子からすると自分は「高堂さん」なのだなと、そんなことをまず思った。梶は両手でトレーを持ったまま、じっと彼女の後ろ姿を見ていた。

あった、とやがて嬉しそうな声がし、見ると、倉地の指は〈朝／木村・西宮〉と走り書きされたメモを指し示していた。これですよねと言うので、これですと答えると、倉地は子どものように屈託のない笑みを浮かべた。

大皿で二つあったので浜野は一つ持ってやり、チャンバーから出るなり再び大声を張り上げた。「朝凪です、軽食もらいます！」

おまえさっき海神つったろ、相変わらずテキトーだなおい、とすっかり顔見知りになったコックたちから口々にからかわれる中を、朝凪です、朝凪でえす！　と押し通して歩いた。前では梶が、うしろでは倉地が、声をあげて笑った。

倉地は翌日も、翌週も高堂会館にやってきた。高堂仲間、特に二階のスタッフがそばにいるときにはおくびにも出さなかったが、浜野と二人になると梶はたまに「今日もあの変な子、来てたよ」とか「さっきちょっと挨拶してきた、倉地さんて名前らしいよ」とか「お互いタメ口で話すようになったよ」とか言うようになった。やがて彼女の出勤は何時かとか、今日はどの会場の親族を担当しているかとか、休憩はいつどこでとっているかとかいうことまでチェックするようになり、それに基づいてこそこそと彼女のもとへ通うようにもなった。持ち場を抜け出して数分後、また戻ってくるときの梶は、いつもスキップせんばかりの足取りだった。

「追い出すとか、高堂式を貫くとか、そういう対象から倉地さんだけは外すってこと？」とうとう彼女の連絡先を聞き出した梶から、おれはもう高堂さんじゃない、梶くんって呼ばれてるんだと報告されたとき、浜野はさすがにそう尋ねた。「おまえが高堂さんじゃなくなったら、あの子も椚さんじゃなくなるの？　そういう理屈？」

　ちょっと考えるふりをしてから、梶は苦笑いで頷いた。「そう」

「おまえねえ」浜野も苦笑いを浮かべた。腹のあたりがぐったりと疲れた。「それならそれでいいけどさ別に。でもせめて二階の連中なんとかしたら。あいつらにはあの調子でやらせといて、自分は裏で倉地さんといちゃつくってどうよ」

「そういうんじゃないって」梶は浜野から目をそらし、会館と神社を繋ぐ渡り廊下の先へ目をやった。

　じき始まるブライダルフェアのため、拝殿に篝火を焚きにいくところだった。モデルの新郎新婦による神社での模擬挙式を見学者たちに見せるのだが、それが夜に行われるときは狛犬の前に篝火を焚いておかねばならないのだ。神社の人々は自分たちの領域に会館の人間が足を踏み入れるのを基本的には好まないが、汚れ仕事と力仕事に関しては、宮司に頭の上がらない社長を通して確実にこっちに振ってくる——と汐見に教わった四年前の時点で、篝火の設置および撤収はすっかり会館側の仕事になっていた。

渡り廊下の尽きるところに飾られている大きな壁掛けをめくり、そのうしろに隠されている小さなドアを開けながら、「ていうか、あの子がほかの梱とは違うって、最初にそう言ったのおまえだろ」と梶は言った。「ほんとにその通りだと思うよ。おれたちが嫌ってるのは梱的な梱だ。倉地は梱だけど梱的じゃない」

「倉地?」呼び捨ての馴れ馴れしさが、驚くほど不快だった。「おれたちって?」

「おれたちはおれたち」

「それ、おれも入ってんの」

「倉地はおれたちが好きなんだよ」外に出た梶は、二段だけの小さな階段を無視して勢いよく玉砂利の上に降り立った。「高堂が好きなんだ。梱とは別世界だって」

梶と並んで塀沿いに、社務所のほうへと歩き出しながら、浜野はすぐそばに建つ拝殿をちらりと見た。その質素な木造建築から、威厳と呼べそうな感じは受けない。出退勤時に何十メートルも離れた場所から一礼するときのほうが、よほど存在感がある。神性というものが生まれるにはある程度の物理的空間が必要になるのかもしれなかったし、あるいは、何か宗教上の意味があるに違いない篝火というものを人任せにする神社のぞんざいさが、こちらをすっかり業者のつもりにさせているのかもしれなかった。

実際ただの点灯夫なのだろうと、社務所の裏の物置から鉄製のスタンドとガスボンベを運び出しながら浜野は思った。その日稼ぎの、賽銭のうちの二、三枚で雇われたような。梶は対になるもう一基を担ぎ、拝殿と社務所を隔てる竹垣のあいだを一足先に抜けていった。また何か話し始めていたが、聞き取れず、控えめにはずむその声色だけを追って進んだ。

陽が落ち、授与所も閉まった拝殿前の広場に参拝客の姿はなく、そんなときにしか許されない口調と声量で、「ね、どう」と梶は言った。

「何が」

「だから、三人で飲み行こうって」

「誘われたの？」

「誘おうかなって。なんだよおまえ、少しは人の話聞いとけよ」梶は嬉しそうに文句を言いながら、右側の、口を開けている狛犬の前にスタンドを立たせた。「歳聞いたら同い歳だった。昭和五九年生まれ。あの子も今の人間なんだよ、で、憫を変えたがってる」

「別に何年生まれだろうと、生きてりゃ今の人間だろ」浜野は左の狛犬の前にスタンドを置き、ガスボンベを狛犬の台座の裏に隠した。「おれはいいよ。倉地さんは、館内でたまに見かけるくらいがちょうどいいって感じするし。二人で行きなよ」

「いきなり二人はハードル高いだろ」

「でもそれおまえのハードルなんだよなあ」

「それに怖がらせたくないんだよ。まずはちゃんと友だちになりたいんだ」上調子だった梶の声が、鉄製の籠に一本、二本と擬木を入れていくごとに落ち着いていった。「おれらとあの子が友だちになったら、高堂と椚の仲も変わるかもしれないし。変わらないかもしれないけど、でも変わるかも。いいほうにさ。絶対にそうならないって根拠もないだろ？」

浜野は相槌のかわりに短く笑い、黒いガスホースでボンベとスタンドを繋いだ。そしてバルブを開けながら、場つなぎのために笑ったり、付き合いで飲みに行ったり、そういうことを死ぬまでに何千回繰り返すことになるんだろうと不意に大きく見通して、一瞬、気が遠くなった。自分の意思からゆるく外れるそうした時間をすでにさんざん積み重ねてきている気もしたが、感じたのは後悔ではなく痛快さだった。たとえどんなに馬鹿げていても受け入れるしかない過去の非情さ、そこから連なっていくしかない未来の望み薄さ。絶対にろくなものにならない——自分の人生をそう予見したら胸がすくようで、衝動的に、浜野は規定より大きくバルブを開いた。先の長いライターで点火すると、狂ったような炎が籠から噴き上がった。予想以上の熱さと激しさに驚き、浜野はびくりとのけぞってから笑った。

梶は向こうで呆けていたが、浜野がライターを放ると、山なりに飛んでくるそれを受け取ろうと身構えるうちに笑顔になった。自分のほうにも点火して、まずはいつもどおりに、それから徐々にバルブを開いて炎を膨らませていく。やがて同じ巨大さになった二つの炎は、猛々しく盛りながら競うように夕空に伸びていった。まるで天へと帰りたがっている龍の、鉄の足枷を繋がれてもがいている姿のようでもあった。

点灯夫から放火魔に転向した二人は燃えろ、燃えろと歓声をあげたり写真を撮ったりしてしばらく遊んでいたが、炎の奥、暗い拝殿にふと人影が見え、浜野は急いで火を小さくした。宮司だ、と不確かだったが囁くと、梶も慌ててバルブを戻した。来たのと同じ道ではかえって拝殿に近付くことになるので、ぐるっと遠回りして、無事会館に帰り着いてから笑い転げた。


父方の先祖が梠萬蔵のもとで戦っていたという話を祖父や父から聞かされて育ち、その影響で梠神社に仕えたいと考えるようになったという倉地、現在は神道系大学に通う四年生で、歴史や古典、神道思想史などを学びながら週末は梠会館で働いているという倉地の話は何もかもが新鮮で、また不可解で、気乗りしないまま参加したその集まりはたちまち刺激的なものになった。浜野にとって、神とともに生きてきた倉地はあまりに自分とは違って思えた。根本的に、生物学的に、そんな言葉を用いたくなるほど、違って思えた。それでも自分と同じ、昭和五九年生まれの二十一歳で、ボーダーのTシャツを着、デニムスカートをはき、今、目の前でうまそうにビールを飲んでいるのだった。

「それにしても、高堂さんって、ほんとにいいね！」新宿のチェーン居酒屋で、二杯目の中ジョッキを一気に半分ほど飲むなり倉地は言った。彼女もまたある種の隔たりを感じているようで、彼方を望むような目で向かいの梶と浜野を見た。「みんな頭の回転が速くて、ばりばり仕事ができて。わたし最近まで知らなかったんだけど、梶くんも浜野くんもみんな、高堂に直接雇われてるわけじゃないんだね。カサギスタッフっていう派遣事務所があいだに入ってるんだね。それってすごいことだよ、だって、高堂さんはちゃんとそういうところに頼って配膳のプロを入れてるってことだから。自分たちに何が必要かわかってて、外部に協力要請してるってことだから。そりゃあ違うはずだよって思った！」

「椚さんは事務所を入れてないの？」異世界の住人らしい答えを期待し、浜野がそう尋ねると、

「まさか！」と倉地は自嘲気味に笑った。

「うちは内部と繋がりのある人だけを直接雇い入れてるの。わたしもそう。椚の神職に大学のOBがいるから、その人に紹介してもらった。うちはみんなそんな感じで、配膳のノウハウなんかなんにも、誰にもなくて、昔からこうだからってことをなんとなく続けることしかできなくて。高堂へ出張できるのは二年以上勤めたスタッフだけなんだけど、それであのレベルだからね。ひどいでしょ？」

「ノーコメント」浜野はすぐさまそう返し、興味本位の質問を続けた。「倉地さんはただのバイト？　それとも、神社関連のとこで働くと大学の単位になるとかそういうの？」

「うーん、どっちでもない」倉地は口をへの字に曲げ、ちょっと考えてから、「知ってるかもしれないけど、神社での仕事に就くことは、就職じゃなく奉職っていうでしょ」と言った。

「神様へご奉仕する。それが基本の考え方だから、学生としてその勉強をさせてもらってるっ

て感じ」

「奉仕？　じゃあただ働きってこと？」

「ただじゃないけど……」

「ただに近い？」

「金の話でぐいぐい迫るな」梶が苦笑いで止めに入った。「こいつ金にうるさいんだよ、十八から一人暮らししてるから。十円でも安くナス買うためにスーパー五軒回るタイプ」

「ナスはだって、おれ好きだから。大量に消費するから」隣の梶にそう言ってから、「じゃあ、大学卒業したら椚神社で働くの？」

「そうしたいって思ってたんだけど、最近、神社にこだわらなくてもいいかなって思い始めてるんだよね。つまり、会館のほうでもいいかなって。高堂さんに出張奉仕するようになって、みんなのすごい働きぶりを見たら、うちの会館もなんとかしなきゃだめだって思うようになってきて……」そう話しながら、倉地は物憂げに板わさをつついた。

「だってね、椚会館では掃除がおもな仕事なんだよ！　清浄は神道の基本だから、そのこと自体は別にいいの。ただそれがおもな仕事になってる一番の理由はほかにやることがないからだし――うちは一日一組しか婚礼がないから、時間も人手も余ってて――掃除のやり方もなんだか頭が痛くなるような感じで。箒とはたきと雑巾のほかは使っちゃいけないとか、冬場でもお湯を使っちゃいけないとか、そういう決まりがたくさんあるんだ。だから高堂さんのところであの、業務用の掃除機がガーガーいってるの見たときは感動したなあ。あとあの、コロコロするやつとか。あれいいよねえ。うちには絨毯自体ないんだけど」

「どの時代から来たの？」梶がからかうと、「ほんとに！」と倉地は笑った。

「椚じゃウエディングドレスすら存在しないんだから。挙式は白無垢、披露宴は黒引き振袖と色打掛。うちの新婦さんはみんなそのパターンだよ。たまに十二単を着る人もいるけど、ドレスを着る人は絶対にいない。というか洋装は最初から断ってるの。伝統を重んじるとか、日本らしさを守るとか、要はそういうことなんだけど……、うちは宮司がすごく頑固で、極端なんだよね、色々。それで現実離れしちゃってる」

「高堂だって極端だよ」励ますように梶が言った。「嘘だろって思うようなこと、たくさんあるよ。客も変だし。なあ？　新郎側の友人が全員ホストだったときなんか、シャンパンタワーやらなきゃ気が済まないっていうんで急遽、みんなでグラス組んだり……」

「あったね、そんなこと」浜野は笑い、枝豆をぷちぷちと口の中へ転がした。

「そんなこと？　忘れられないよおれは。ほかの会場からクープグラス強奪して回ったせいで、しばらく海賊呼ばわりされたんだ」

「入江さんは本物だけどな。進行を荒らされた腹いせにホストたちからピンドンくすねて、裏でラッパ飲みしてた」

「ほかにもあるよ。新婦の姪っ子が三段のケーキに頭から突っ込んだこともあったし、シェフが会場でフランベした瞬間に火災報知器が鳴り出したこともあった」

「おれはマジシャンが迷子になった事件と、新郎が池に落ちて亀に噛まれた事件と、ハート形のバルーンが次々に割れて銃撃戦みたいな音が響き渡った事件が好き」

「汐見さん曰く——」苦笑いで浜野を一瞥してから、梶は倉地に向き直った。

「汐見さんって、おれらの先輩なんだけど。その人曰く、うちの宮司はその昔、境内にチャペルを建てようとしたことがあるって。レストランウエディングが流行りだした頃らしいんだけどね、その流行に乗りたがった宮司が敷地内にレストランを作る計画を立てて、せっかくだからってその横に建てようとしたらしい。チャペルを。さすがに無茶だと設計段階で止められたらしいけど……、ひどいだろ。宮司が極端なのはうちも同じなんだ。そのせいできっと毎回毎回、あんな——異界の門が開いたみたいなパーティーになるんだよ」

倉地は熱心に聞き入っていた。梶の言葉に説得力を感じているかどうかはわからなかったが、瞳は輝き、シャンパン、ケーキ、と憧れを吸い上げながらその輝きもどんどん増していくようだった——フランベ、バルーン、それにチャペル！

「高堂さんって、ほんとにいいね！」怒っているのかと思うほど強い、太い声で倉地は言った。

「チャペルのことは、もちろん冗談だと思うけど。でも高堂さんの自由で風通しのいい感じ、ほんとにいい、素晴らしいよ！」

「自由とかそういうんじゃない、ただ何も考えてないだけだよ」浜野は枝豆のから入れをテーブルの隅にやりながら言った。「あ、金のことは考えてるか。でもうちの宮司の頭にあるのはそれだけ。金のこと」

そこで初めて、倉地は表情を曇らせた。「どうしてそんなふうに思うの？　宮司さんに会ったことあるの？」

宮司に会う、ということの遠さを思い、浜野は思わず笑った。高堂で働き始めてかれこれ三年以上経っていたが、まだまともにその姿を見たことさえないのだ。会館に詰めていては会う機会がないのは確かだったが、本当は年に数回、そのチャンスはあり、祈年祭や新嘗祭といった大祭の日がそうだった。神社にとって重要なそれらの祭りのときは、儀式のあとに必ず会館で宴会が開かれる。いつも披露宴ばかりやっている海神の間がそのときばかりは神職や神社関係者で埋めつくされ、高砂は隅に追いやられ、宮司の席が最上位となる。

直会と呼ばれるその大祭時の宴会においては、しかし配膳側の編成も特殊なのだった。なんと四会場のキャプテン及びベテラン勢が一人残らず海神の間に集結し、ホールに鉄壁の守りを布くのだ。宮司や社長がいるテーブルは高堂歴三十年のキャプテン、水鞠の間の棚橋が受け持ち、十三年勤めている入江や汐見などは若手扱いで下座のテーブルを振られた。直会は常にそういう基準で人員配置がなされたので、浜野や梶など、宮司に挨拶するどころかホールにさえ入れてもらえないのだった。

そうした権威主義に対する思いがそのとき、自然と顔に出ていたのか、「高堂の宮司さんはいい方だよ」と倉地は誤解を解こうとするように言った。「わたしもまだ、会ったことはないんだけど。でも明るくて、偉ぶったところなんか全然ないって聞いてるよ。総代さんたちとの関係もすごくいいって」

「偉ぶったところがないってのは無理があるかな」梶は苦笑した。「おれらのことなんか使い捨ての駒くらいにしか思ってないよ。神社の態度を見てればわかる。普段は素っ気ないくせに、力仕事のときだけ声かけてくるんだ。篝火出せだの毛氈しまえだのってさ」

「でも宮司さんや、神社側は、そういうつもりじゃないと思う……」

そこでつい、浜野は笑った。「どうしてそう思うの？　会ったことないのに」

倉地はさっと顔を赤らめ、「だって、高堂さんだし」と答えた。「会館の人にお願いしなくちゃならないことは、きっと色々あるんだろうけど、偉そうとか、使い捨てとか、頼まれたほうが思わず感じちゃうことでしかないと思う、そういうのは……」

「まあでも、神社といっても椚と違って、高堂はビジネスの方向に振り切ってるから」浜野は沖漬けにしたホタルイカをつまみながら言った。「うちのキャプテンもよく言ってる、高堂は高砂至上主義だって。新郎新婦が望んだことならほとんどなんでもやらされるから、実行部隊の隊長としてはそう感じずにいられないんだと思うよ。高堂自体には信念も、思想もない、そういうのはみんな高砂にあるんだ。メインテーブルに。金が湧き出るところにさ」

まあそこがいいんだけど、と付け加えた声は、「そんなことないから」という倉地の芯のある声に完全に打ち払われた。「披露宴しか知らないからそう感じるだけだよ。信念も思想もないなんてことはない、絶対に。椚もそうだけど、高堂は別表神社なんだよ。由緒ある神社だと神社本庁から認められてるの。GHQから神道指令が出されるまでは立派な社格だってあった。そういう歴史や、御祭神の御功績、御神徳、宮司さんたちがそれをわかってないわけがない。神社の名誉を貶めるようなことをするわけないの。数ある神社から高堂を選んで、その御神前で結婚の誓いを立てようという人たちを、ただのお客として扱うなんてことはできないのよ、絶対に」

そこまで言うと、ますます赤く染まった頬に倉地は濡れたおしぼりをあてた。それからちらりとこちらを見、ごめん、ちょっと力入った、と言うので、いや、とだけどうにか返したが、めったやたらと「御」のつく言葉を並べられて浜野はすっかり気圧されていた。梶は隣で、ただ黙って倉地を見ていた。

「だけど、だからこそ、高堂さんは自由ですごいってわたしは思うの」沈黙が凍りつく前に、倉地は再び口を開いた。「英霊をお祀りする神社なら、椚みたいに、がんじがらめに縛られるのが普通なんだから。総代さんたちとの関係だけじゃなく、軍の関係、大学の関係、そういう繋がりを椚はとっても大事にする――いいことだとは思う――でもそれだけなの。過去にしがみつくだけで、今も未来も見ようとしない」

倉地はおしぼりを置き、メニューを開いた。そうしてしばらく黙っていたが、次の飲み物を選んでいるのではなかった。メニューの隅の一点を、じっと見つめているのだった。

「あの、もし迷惑じゃなかったら――」やがてその目を上げ、倉地は遠慮がちに切り出した。

「どんなふうにしたらいいのか、教えてもらえない？　配膳の基本とか、動き方とか、高堂ふうのやり方とかそういうこと。二人はいつも上の階にいるから知らないんだと思うけど――だからこんなふうに、飲みに誘ってくれたんだと思うけど――二階で働く高堂さんたちは、たぶんわたしたちを嫌ってる。わたしや先輩たち、椚の人間を。責めてるんじゃないよ、長年いるのにあれじゃあ嫌われて当然って話。ただわたしは椚として、それが本当に情けなくて。だって本来、高堂さんを助けるための出張奉仕よ。邪魔するためじゃない」倉地はメニューを脇に置き、そっと姿勢を正した。

「椚神社と高堂神社、御祭神同士の話は知ってる？　椚萬蔵と高堂伊太郎はどっちも長州藩士でね、歳も同じ、学んだ場所も同じ、幼なじみの親友だったの。戊辰戦争もずっと一緒に戦って、転戦、転戦で箱館まで行って。本当に固い絆で結ばれてたのよ、だからその後の対外戦でもうまく連携を取れたんだって言われてる。特に近代日本の命運を分けたと言われる、あの岬角作戦のとき」初めて耳にするその昔話は、いくぶん前屈みになった倉地の胸から生まれる低い、湿った声で語られることで、不思議な生々しさをもっていた。

「椚から高堂への出張奉仕は、何ものにも代えがたいその絆を守っていきましょうということで始まったの。有事の際にすぐ結束できるよう、普段から挨拶し合いましょう、そうすることで二人の軍人、二柱（ふたはしら）の神が守った祖国への忠誠を誓いましょう。そういう思いで始まった、とても大事な行き来なの。でもはっきり言って今の椚は、その思いも御祭神同士の絆も踏みにじってる。ただかたちだけ通って、実際は高堂さんの足を引っ張ってる。わたしはそれに我慢できないの。何もできない自分にも、改善しようとしてこなかった先輩たちにも、腹が立って仕方ない。だからできればわたしの代で変えたい。後輩たちにこんな思いさせたくない。お願い、協力してもらえない？」

　ああ……、と返事とも相槌ともいえない、ぼやけた声が出た。倉地はもうさほど「御」のつく言葉を並べてはいなかったが、彼女の話はそれ自体に「御」の重みがあり、そのせいで浜野は自分が何を求められているのかよく理解できなかった。ただ、神社に押し込めておくことでどうにか折り合いをつけてきた神――幻の金を生む会館の神とは違う、神社の神、陰でこっそり笑うことなど許されない本物の神――が不意に目の前まで迫ってきた感覚、それだけは確かで、空気の悪い店内にいながらその一瞬、高堂の森から吹く風を感じたような気さえした。

「いいよ、もちろん」浜野とは逆の明瞭な声で、梶は頼もしく請（う）け負（お）った。「協力するよ。なんでも教える。会館ではちょっと時間取れないけど、こういう感じでなら、全然、いつでも」

　すると倉地はサンドイッチを発見したときと同じ笑みをぱっと浮かべ、「ありがとう！」と囁いた。そして高々と挙手し、宣誓（せんせい）の如く叫んだ。「ビールくださあい！」

それはおそらく、梶が期待を込めて思い描いていた以上の成り行きだった。おれはたぶんあの子の話を六割くらいしか理解してない、と翌日、会館で会ったとき浜野は正直に打ち明けたが、うん、でも頑張ってる、と梶は目を輝かせるのだった。あの子は戦士だ。革命家だよ。

梶はかいがいしく倉地の世話を焼き始めた。新人の頃に何度か担当したきりの控え室の仕事をあらためて見直し、手順や注意点を事細かにリストアップしてやったり、時間帯ごとに変化する館内の状況をタイムテーブルにして出してやったりした。また、椚さんたちの間違ったトレーの持ち方――これは高堂連中のあいだでもっとも軽蔑されていた――も直してやった。居酒屋の店員に借りたトレーで実践してみせ、うっかりした隣の客からほっけの一夜干しを注文されるというサービスマンぶりまで見せつけた。

単純に倉地に魅了されただけとは思えなかった。彼女に協力すれば過去の自分を撤回できる、椚さんたちへの罪滅ぼしになると考えていたに違いなかったが、梶のその贖罪に付き合ってみて初めて、浜野はそれが自分の気も楽にしてくれることに気が付いた。浜野は自分が何か悪いことをしたとは思っていなかったが、その自分を椚排斥運動の息苦しさからいまだに救えていないことはずっと気になっていた。何より、倉地という椚さんと一緒にいるところを間違っても高堂仲間に目撃されないよう、平日の夜を選んだり、神宮前を避けたりといったせこせこした手回しをするのは――しかも倉地にも内緒で――まったく気が滅入ることで、そういう状況を打破しようとしていると実感できることは、たとえそれが居酒屋の店員に間違われた梶を笑うというようなことでも気休めになるのだった。
それに一歩踏み入ってみれば、倉地の挑戦はそれ自体なかなか楽しいものだった。いかにして高堂に馴染むか。外部者にとっての罠は何か。それを考えるにはいったん内部者の目を捨て、常識を捨てて会館全体を俯瞰する必要があり、そうして眺める自分の職場の新鮮な異様さに浜野は興奮をおぼえずにいられなかった。その興奮にまかせて浜野は館内の見取り図を描き、どのセクションをどんな人たちが仕切っているか——どこにどんなモンスターが潜み、どんなふうに攻略すべきか——という細かな情報を似顔絵付きで書き入れて倉地にプレゼントした。高堂会館の裏道ガイドだ。倉地は最初ただの冗談だと思ったようだったが、これを参考にしたら格段に館内が歩きやすくなったと、すぐにその実用性に気が付いた。

　倉地の戦いは翌年四月、椚会館の正職員として働くようになってからが本番だった。会館スタッフを育て直すべき、高堂への出張スタッフは特に念入りに教育すべきという考えに理解を示してくれる同僚が一人もいないようで、その後もゆるやかに続いた三人での酒席でもしばらくは愚痴や泣き言ばかりだった。梶はいつも優しく話を聞いてやっていたが、弱気の倉地を見ていると浜野はどうにも気持ちが高ぶり、そこからはアドバイザーではなく無責任なセコンドとして彼女と接した。まずはその室長とかいうのをやっつけろとかお局にはお世辞で攻めろとか現場を知らない立場から次々に適当な指示を出し、何度でも倉地を戦場へ送り返した——泣くな、立て、戦え倉地！

実はこの頃、倉地をモデルにした主人公の話を書いていたのだった。歴史の話を日常的に持ち出す上にしょっちゅう「御」のオーラをまとう倉地は、浜野にはいつまでたっても落ち着かない相手で、親しくなるほど遠ざかっていくようで、彼女という人間についての自分なりの見解のようなものを一度はっきりさせておきたかったのだ。

そうして書き始めた『天啓』というタイトルの話の中で、主人公の女はある日突然、天から降り注ぐ神の声を聞く。「おまえは戦士だ」とその声は言う。「村人を苦しめる巨人を倒せるのはおまえしかいない。立ち上がれ、戦士よ！」と言うのだ。敵は巨人ではなく猛獣や龍のようなもののほうがいいだろうかとこの時点では悩んでいたが、とにかく神話のような雰囲気が出るよう気を付けながら、啓示を受けて一直線にひた走る主人公を浜野は描いた。筋は非常にシンプルで、主人公は村人たちに自分が巨人——か猛獣か龍——を討つ、と宣言し、村人たちによって開かれた盛大な宴のあと、一人で巨人——か猛獣か龍——に挑んで負ける。「おお、神よ！」と死の直前に主人公は叫ぶ。「わたしは選ばれし戦士ではなかったのですか！」すると間があり、神が答える。「わたしが間違っていた」

しかしそんなオチはただのおまけで、その話で重要なのは宴だった。大宴会とでも呼ぶべき宴、主人公の過剰な覇気(はき)と村人たちの愚鈍さが相まって収拾がつかなくなってゆく宴、やがて魑魅魍魎(ちみもうりょう)で満員御礼となる宴、なかなか中締めまで行き着かない宴。それこそ浜野が書きたいところで、舞台のモデルは休日の神宮前、全体のイメージはいつか梶が言った「異界の門が開いたみたいなパーティー」だった。ここでもう一度天啓に打たれていたらと、原稿の前に座り、主人公とともに生きながら浜野は思った。この混沌とした宴会から何かを悟っていたら、少なくとも、自分の死を誰かのせいにはせずに済んだだろう。

しかし倉地は『天啓』の主人公とは違った。諦めず、討ち死にもせず孤軍奮闘(こぐんふんとう)し続けた。やがて「高堂に出張できるのは椚で二年以上勤めた者だけ」という不文律をなんとか打ち破ると、新しく入ってきた学生スタッフをぞろぞろ引き連れて高堂にやって来るようになった。そして、梶や浜野から得た情報をもとに考案した新人育成プログラムをいよいよ実行に移し始めたのだった。

あっという間にとはいかなかったが、結果はしっかりと出た。倉地に教わった若い椚さんたちは、これまでの亡霊のような椚さんたちとはまるで違う方向へと育っていった。元気に挨拶し、きびきびと動き、あちこちに気を配り、制服が違うだけの高堂スタッフ然と立ち働いた。二年もすると倉地抜きでもじゅうぶんやっていけるようになり、その後に入った新人たちも、彼女の最初の弟子たちによって抜かりなく教育されていった。

椚排斥運動の先導者的立場にあった西崎や本間といった面々が就職や何やで高堂を去っていったこともあり、二〇一〇年に入った頃には、かつての不穏さは館内から一掃されていた。そのかわり、この頃から現れ始めた平成生まれの高堂スタッフたちが、過去を知らない者特有の脳天気さで椚さんをカサギ仲間と思い込んだり、フットサルに誘ったり、ときには自分たちの仕事を手伝ってくれと甘えたりするようになっていた。

「やったじゃないですか、倉地さん！」その年の末、イルミネーションに彩られた表参道を歩きながら浜野はからかい半分に労をねぎらった。「椚さんのおかげで、高堂は大変助かっております よ！」

「ありがとうございます、ありがとうございます！」光に包まれてすでに興奮していた倉地は、浜野の調子に合わせて応えた。「何もかも皆様のおかげでございます！」

十二月の表参道は前年からイルミネーションで飾り付けられるようになったのだったが、二年目のこの年は明治神宮鎮座(ちんざ)九十年にちなんで電球を増やし、さらに明るくしているということだった。明治神宮鎮座九十年にちなんで電球を増やす、とは——とその派手な電飾を見て浜野はつい考えたが、倉地は自分の仕える椚萬蔵が固い忠誠を誓い続けたという明治天皇の祀れるお社(やしろ)が、イルミネーションというういかにも西洋的でクリスマス的、つまり他宗教的な輝きで祝福されていることに特に異存はないようだった。熱いため息をつき、いつまでも見とれていた。そもそものところ、彼女が見たがったので来たのだ。

「椚の人たちはどんな感じなの」一人だけ落ち着いて、けれどやはり嬉しそうに梶が尋ねた。

「あの若い椚さんたちじゃなくて、古い人たち。評価してくれてる?」

「うん、わたしが何をしてるのか、やっとわかってくれたみたい」倉地は光を見つめたまま答えた。「今はみんな応援してくれてるよ。新人教育だけじゃなくて、もしかしたら、今後は人集めの仕事も任せてもらえるようになるかも」

「すごいね」梶はほほ笑んだ。「よかったね」

「うん」倉地はようやく梶のほうを向き、笑みを返した。「本当にありがとね」

梶がとうとう倉地に思いを伝えたのは、そのひと月前のことだった。本当に嬉しいけれど今は仕事のことしか考えられない、できればこれまでどおりの仲でいたい、そう言って断られたということだったが、傷付いたようには見えなかった。受け入れられた場合のほうがもしかしたらうろたえたのではないか、そう思えるほど、それ以後の梶にはどこか腹を据(す)えたような感じがあった。より熱く倉地を見つめ、静かに付き従うようになった。

その梶にも、倉地にも、自分にも、イルミネーションのやや胡乱(うろん)な光は等しく降り注いでいた。浜野はこのとき嬉しくて仕方なかった。それは倉地が目標を達成したからでも、梶が失恋の痛みを乗り越えたからでも、怪しい電飾に取り囲まれたからでもなかった、誰の目も気にせずのびのび表参道を歩けるのが嬉しかったのだ。このメンバーで会うときは、これまでは神宮前どころか渋谷区全域を避けていた。それでもなお、高堂仲間に見つかるのではといつもどこかびくびくしていた。しかし今、無数の電球に彩られながら神宮までのびる表参道を、倉地と一緒に歩いていた。時代は変わった。椚が変わり、高堂も変わった、もうこそこそする必要はないのだ。これからは、誰とどこを歩いてもいいのだ。

梶と倉地を横並びに歩かせ、一人、その前を歩きながら、『天啓』をもうひとパターン書いてみようかと浜野は考えた。主人公が勝利するパターンだ。勝者となった主人公はおそらく、勝利の扱いについて考えることになるだろう。栄光を未来永劫のものとすべく、新たな戦いに乗り出すことになるだろう。

3

バターナイフを二六八本、スープスプーンも二六八本、ミートフォークも二六八本、と地下の食器倉庫に閉じこもって黙々とシルバー類を集めていると、指先の動きと静寂とがいい具合に噛み合って、いつも妙に考えごとがはかどる。世界的金融危機がなぜ自分の経済活動に何ら影響を及ぼさないのかということをこのときは考えていた。ニュースではこんなに騒いでいるのに、なぜおれはこれまでと同じに働けるのか。二〇一〇年卒の学生スタッフたちは皆青い顔をして、就職先を探そうにも募集自体がないのだと泣いていたのに、なぜおれはこんなに無事に二〇一一年を迎えているのか。カサギスタッフは梶ともども時給を一五五〇円まで上げてくれていたし、よく現場回りに来る新田はさらに、そのまま頑張っていれば悪いようにはしないからと耳打ちさえしてくれるのだった。

事務所の経営が順調だということは高堂(こうどう)会館を含む取引先の経営が順調だということで、それはつまり世の人々がなおも結婚し続けていることを意味していた。先の見通しが立たなくても結婚はするのだ、どんなに不景気でもなんとか金をかき集め、何百万とかけて挙式や披露宴をするのだ——浜野は披露宴二件ぶんのシルバー類を台車に載せ、その重みを人々の結婚への執着のように感じながら倉庫から運び出した。

「不景気だからこそ、先の見通しが立たないからこそ結婚するんだよ」倉地は先日そんなふうに言っていた。「結婚ってそういうものだよ。協力態勢を作るもの。苦難や災いを乗り越えるために、家と家とを結びつけるもの」

家という単位でものを考えたことのなかった浜野には理解しがたい話だったが、しかし実際、結婚への執着心を載せた台車は個というよりは集団を、社会を思わせる重さだった。

それをリフトで三階まで運び、ようやく辿り着いた配膳室のドアを開けた瞬間、「そうはいってもあいつはもう二十六ですよ、今年で二十七ですよ——」という汐見の声が聞こえて足を止めた。自分の噂だと察し、隙間だけ残してドアを閉め、顔を寄せる。そういえば実家でもこんなことがあった。夜中にふと二階の自室から出ると、両親の会話が階下から上ってきた。なんであいつはあんなに考え無しなんだ、という父の苛立った声に、ぎょっとするほど無関心な母の声。わたしに聞いてる？

汐見は続けた。「子どもっぽい気がするんだとしたらそれは、ここに来たときあいつがまだ十代だったからだと思いますけど。その印象が残ってるんじゃないですか。あいつはむしろちょっと不自然なほど落ち着いてますよ。よく周りを見てるし、機転も利く。ぼっとして見えるけどね、そつなくこなすと思います。梶には荷が重いってのは同感かなあ。なんでも一生懸命やってくれるんだけど、奴はとにかく危なっかしくて」

浜野は音をたてずに戸を閉め、胃に重みを感じながら息をついた。誰となんの話をしているのか、わからなかったが不快だった。来るんじゃなかった。そう思った。

来ないこともできたのだ。平日の出勤で、会場内で行われているのは披露宴ではなく企業の会議、机と椅子を組み終えてしまえばこちらの仕事はたまにマイクを調節することくらいだった。スタッフは常勤の数名のみ、待機時間は裏でひたすら週末のスタンバイ作業をするという具合で、楽といえば楽だったが、浜野が好きなのは幻事業の披露宴であって会社員たちの会議ではない。実際、だからこの日は休むと新田に伝えてあった。

ところが今朝、出勤予定だった梶から電話が来て、祖母を病院に連れていかなければならなくなったので代わってほしいと頼まれたのだ。一人欠けても現場のほうは特に問題ないはずだが、梶の切迫した声に押され、わかった、代わるよと答えたのだった。

「別に深刻なアレじゃないとは思うんだけど――」こちらの声も張り詰めていたのか、梶は急におどけたような口調になった。「少し熱があって、腹が痛いってだけだから。でもまあ、おまえ出られるんなら、ついでにちょっと高堂さんに祈っといてよ」

うん、まあ気を付けてと返し、ばたばたと着替えて出てきた。

しかしそこまで思い返すと、仕事と一緒に何かとんでもないことを引き受けたのではという気がしてきた。高堂さんに祈っといてよ——そう言われたのだ。そして、うん、と答えたのだ。浜野はにわかに焦りを感じ、ドアの向こうが恋しくさえなって、一度閉めたのをもう一度、今初めて開けたんだというふうに開けた。足もそれに合わせてためらいなく踏み出し、台車を押し入れていくと、デシャップ台をテーブルがわりにしてコーヒーを飲む入江、汐見、いつの間にか来ていたらしい新田の三人が、同時にこちらに目を向けた。

「あ、新田さんだあ」浜野はできる限り子どもっぽく笑った。「おはようございまーす」

「おはよう」新田は右手をちょっと上げて応えた。「梶くんと代わってくれたんだってな」

「二件ぶん揃った?」

「おまえも座れよ。新田さんがうまい話持ってきてくれたぞ」

「あ、どうせ家にいるだけなんで」浜野はまず新田に答え、「揃いました」と入江に答え、「うまい話?」と汐見に笑いかけた。「やった。おれもとうとう時給二〇〇〇円ですね」

冷笑を狙ったその言葉を、しかし新田はすんなり受け入れ、「まずは一六〇〇だ」と自然な口ぶりで応えた。時給の最高額として聞かされていたその数字と、まずは、という言葉が繋がらず、浜野はすぐには反応できなかった。

「浜野くんには今後、裏方じゃなくホールのほうで活躍してもらいたいんだよ。といっても最初の頃にやってもらってたように、お客さんのテーブルを担当するわけじゃない。司会者との打ち合わせだとか、各セレモニーの執り行い方、新郎新婦をエスコートする方法、要するに、披露宴全体の動かし方を覚えてほしいんだ。入江さんについて研修を受けるってかたちで」

浜野は不明瞭な相槌を打ちながら歩き、配膳室のコーヒーメーカーの前まで行った。ラックの中に伏せてあるカップを取り、そこにコーヒーを注ぎながら、「つまり、キャプテンの仕事を覚えろってことですか」

新田は頷き、「実際にキャプテンとして働くかどうか、それはゆっくり決めてくれればいいよ」と言った。「ただ常勤として、できればノウハウだけでも身につけておいてほしいんだ。こういうのは長くいる順、仕事ができる順だからね。もちろん強制じゃあないが、引き受けてくれるんなら明日からでも一六〇〇だ」

「キャプテン見習いで一六〇〇……」

「悪い話じゃないだろ」

いやあ、どうだろう、と浜野は苦笑いを浮かべたが、礼儀として困惑してみせたに過ぎなかった。長く勤めていればいつかはこんな話がくるかもしれないとは思っていたものの、会場責任者にだけはならないと決めていた。派遣労働者という立場は変わらないのに、業務量と責任がこれまでの比でなくなるのだ。プランナーを中心とした会館社員たちと付き合わねばならなくなるし、問題が起きればたとえ自分のせいでなくても頭を下げねばならなくなる。婚礼中は常に神経を尖らせ、秒針の音に追われ、それでも終始笑顔を保って客席に出ていなければならなくなる。その上しち面倒な書類仕事も出てくるし、名刺まで持たされる。総会に出席しろとまで言われる。冗談じゃなかった。

何よりも危惧していたのは、そうして経営側へ大きく一歩近付くことで組織に飲まれ、披露宴を遊び場としてとらえられなくなるかもしれないということだった。それはつまり、ここで働く一番の目的を失うということだ。キャプテンになるということ、黒服と呼ばれるあのタキシードを着ることは、浜野にとってそういう何か「一線を越える」感じがあった。

「研修なんて受けるだけ無駄ですよ。たぶんおれには無理だもん」コーヒーをひと口含み、浜野は言った。「入江さん見てるとやっぱ、才能が必要な仕事だなって思うし、それにさっきの順番でいえば汐見さんが先でしょ」

すると汐見が笑って答えた。「うん、だからおれは来週から水鞠だ」

えっ、と浜野は声をあげ、「汐見さん、水鞠行っちゃうの?」と口のわきから漏れ出たコーヒーを手の甲で拭いながら尋ねた。「嘘でしょ。水鞠のキャプテン?」

「そう」

「ていうか。こいつは」と入江が隣の汐見をあごで示した。「仕事自体はとっくにできんの。わたしと同じタイミングで黒服着るはずだったの。そんときからずっと着ろ着ろ言われてたの、でも逃げ回ってたの、なんでかっつうと。フン切りの悪い金魚野郎だから」

汐見は苦笑いで入江をにらんだ。「おれはおまえみたいに神経太くないんだよ。責任って何、みたいなタイプじゃないんだよ」

浜野はそこで口を挟んだ。「あの、でも、棚橋さんは？」

棚橋はもう何十年も水鞠の間を守っているのだと、浜野はそう聞いていた。一緒に仕事をする機会は少なかったものの、直会（なおらい）のとき、宮司の卓を担当するためにこの海神の間にやって来る彼の誇らしげな姿は印象的で、また、今後もずっとこの形式が続いていくのだと思わせる頼もしさがあった。実にプロ意識の高い、勤勉実直な人なのだ。

腕を組み、うーんと唸（うな）りながら背もたれを軋ませる新田に、「ちゃんと話しなよ、新田さん」と入江がチョコレートの包みを剝きながら言った。「何もかも話す、その上で協力を仰ぐ。浜野を一人前として扱いたいなら、そういうところからじゃないの」

新田は姿勢を正し、心底ばつが悪そうに笑った。実はね……とそれから話し出す。

「棚橋さんはよその現場へ移ることになったんだ。浜野くんも知ってるとおり、あの人は高堂で一番長い常勤スタッフで、社長や宮司からの信頼も厚いという貴重な人材だ。でも実は、その宮司から辞令が出た。仕事上の問題が起きたわけじゃないんだ、ただ、ここの宮司さんっていうのはもともとフレッシュな雰囲気が好きで、新しいものや若い人にいつも囲まれていたい、そういうタイプの人なんだよな。棚橋さんだって別に年寄りってんじゃないぜ。五十五っていやおれより二つも下だ。だからあくまで宮司さんの意向なんだが、ここではやっぱり、それが一番に来るんだな」

浜野は急に疲れを感じ、立てかけてあったパイプ椅子を広げて腰を下ろした。三人からは微妙に距離を置くかたちになったが、二、三歩寄るのも億劫だった。

「海神の入江さん、千重波の望月さん、それに今回、黒服を着る決心をしてくれた汐見くんはありがたいことに三十代でまだ若い。朝凪の和田さんは四十八だけど、見ての通り若々しいし宮司にも気に入られてるようだから、まあしばらく問題ないだろう」何度も取り出されてはしまわれ、開かれては折りたたまれしてきたようなくたびれたメモを見ながら新田は話した。

「でも次の人材は今から育てておかなきゃならない。今のところキャプテン候補として考えてるのは、きみと水鞠の岸下さんだ。彼女はちょっと気が弱いところがあるけど、賢いし、責任感もあるから」

カップで口元を隠し、浜野はこっそりと笑った。ほぼ同期で歳も近い岸下は、会館で働きながら作品を作ったり展覧会を開いたりという生活を続けている陶芸家で、面倒な人間関係を極度に嫌うことで仲間内では有名だった。まず引き受けないだろう。

あるいは新田もそれをわかっているのか、メモから目を上げると椅子を引き、あらたまった感じに身を乗り出した。

「全力でフォローするから、浜野くん、前向きに考えてみてくれないか。うちとしてもちょっと踏ん張りどころなんだよ。今きみに聞いてもらった話、おれは会館の社長から聞かされたんだが、そのときもう一ついやなことほのめかされちゃってさ。なんだか親切な口ぶりだったけどね、つまり、神社さんの意にかなうかたちで人を揃えるのが難しければ、別に無理することはないっていうんだ。水鞠の間くらいなら、椚（くぬぎ）さんにお願いするからって。ほら、椚会館から来る人たち、最近かなりデキるだろ？」

　浜野は咄嗟（とっさ）に目を伏せた。体が急速に熱くなり、背中にじわりと汗が浮いたが、裏話に至って口が回り始めていた新田は気付かず続けた。

「これはおれもついこないだ知ったことなんだけど、今まではどうも、宮司さんは彼らを疎んじてたらしいんだよな。愚鈍で古臭い連中だって、もうはっきり嫌ってたらしい、それでも昔からの伝統で切るに切れなかったと。ところが最近、去年あたりからか、見違えるように溌剌（はつらつ）とし始めた。今やうちから派遣してるスタッフと比べても何ら遜色（そんしょく）ない働きぶりで、宮司も大変ご満悦、しかも——これが一番重要なんだが——向こうさんに頼めばだいぶ安上がりなんだそうだ。椚ってのはとにかく絆を大事にするんだそうで、うちみたいな外部の業者に託すかわりに自分とこのツテでどんどん人を集めるんだと。で、応じる連中も——神道系大学の学生や昔の軍関係者の親戚の子なんかが中心らしいが——考え方がある程度揃っていて、奉仕の精神で働くって話なんだ。神様のために働く、神様たちの絆のために働く。それ自体が喜びだから、時給二〇〇〇円よこせなんて言い出す奴はいないらしいんだな」

　そこで入江と汐見が笑った。新田さんおれには三〇〇〇円よこせよと汐見が穏やかに脅し、三億円と子猫よこせ、それがわたしの喜び、と入江がチョコレートを噛みながら続いた。浜野はまだ汗をかいていた。

新田は苦笑いで眉のあたりを掻き、感謝してますよ、きみたちには本当にと呟いてから、「椚さんたちがうちと同じ手際で婚礼を仕切れるってことはないだろうが——」と続けた。「どっちにしても今ひとつなら安いほうがいい。それに椚からの借りをあえて大きくしてやるのも付き合いのうち。宮司は今やそういう考えだ。高堂は崇敬者の数も多いし、ブライダルビジネスの売り上げも上がってる、その上神社の敷地以外にも土地を持ってる。金に困ってるわけないんだが、とにかくそうやって揺さぶりをかけてくるわけだよ。だからうちがこの現場を守るには、椚を圧倒する実力を見せていくしかないんだ」

話すうちに新田は表情を曇らせていき、どこか痛むのを隠しているような顔つきにやがて変わった。それを見て浜野は、梶の祖母が腹を痛めていること、迂闊な相槌で引き受けた使いの仕事を思い出した。

「高堂会館っていうのは、うちにとって特別に付き合いが長い取引先でね。創立者でもある先代の社長が、粘って粘ってなんとか契約まで漕ぎ着けた大切な現場なんだ。水鞠一つだってやれない。それにこういう陣取りってのは——いくつもの事務所が競合する現場で学んだことなんだが——一つ譲ったら往々にしてもう一つ取られちまうんだ。攻めるほうは失うものがないから勢いがあるが、守るほうは一つ取られるとちょっと怯んで引いちゃうんだな。その隙にもう一つ取られる。だからこの戦いは、何がなんでも水際で食い止めなきゃならないんだ」

やめてよ、と入江が吐き捨てた。「カサギスタッフの名誉と威信をかけ、とかなんとか言い出さないでよ、新田さん」

「またあ。協力を仰げなんて言っといて、入江さんはすぐそうやってからかう……」

「からかってない。うちのエースに余計なプレッシャーかけんなって言ってんの」

おうエース、コーヒーのおかわりくれと汐見が、こちらははっきりとからかい口調で言った。

浜野は立ち上がり、ウォーマーの上からコーヒーポットを取りながら、たいしてうまい話でもなくないすか、とどうにか笑った。

「で、どう、やってくれる」コーヒーを注ぐ浜野を、新田は下からじっと見つめた。「さっきも言ったように、今すぐどうってんじゃないから。まずは研修だけでいいから」

その場に横になりたいほどの疲れを感じながら、浜野は答えた。「まあ、別にいいですけど……」

「本当に」

ええ、と今度ははっきり答えた。事細かに高堂会館の攻略マップを描いた自分、得意満面でそれを倉地に渡した数年前の自分が脳裏を巡って疚(やま)しさの渦を作り上げており、そこから逃れるにはそう答えるしかなかった。

新田はたいそう喜んで、どんなわがままも通りそうなほど浮かれ出したので、ちょっとおれ出てきます、と適当な理由も作らずに浜野は配膳室を出た。なぜなのか自分でもわからなかったが、今すぐ梶との約束を果たさねばならない、一刻も早く参拝仕事を終えねばならないという焦りに、衝動といえるほどの勢いで駆り立てられていた。

週末はひどい騒ぎになるからこそ余計に静けさの際立つ、無人の更衣室を浜野はわざと足音を響かせて歩き、ハンガーにかけておいた赤いダウンジャケットを制服の上からきっちりと着た。整髪料で固めた髪をニット帽で隠し、革靴からブーツにはき替え、バイク通勤している入江がいつも決まってスチールラックに置くヘルメットの中から、やはりいつも決まってそこに放り込まれるサングラスを取り出してそれもかけた。ポケットに財布が入っていることを最後に確かめ、また外に出る。

東京でも二月になると、地元の冬に通じる冷気を時折感じる。朝晩に限るが、実際今朝は少し雪がちらついて、高堂さんに祈っといてよ、と言う梶に、うん、と答えたときには窓からそれを眺めていた。松本も降っているだろうかと、それまで一度も気にしたことのないことをなぜだか気にして、白い雪雲がパン生地のように柔らかく伸びて列島を覆うさまなどを、すべきことはそれではなかったのに、思い描いていた。

あたりに人影はなかったが、帽子と上着とサングラスだけでは不安で、浜野は一気に拝殿前を駆け抜けた。キャプテン候補どころか神社関係者でもない人間、おそろしく急いでいる上に神がそこにいることなど知りもしない人間のつもりで高堂の森を抜け、裏門から出る。

自分で参拝する気はもとよりなかった。いつもの一礼ポイントから動けないであろうこと、足を前へ出せないであろうことは、試してみるまでもなくわかった。だから階段を降り、タトゥースタジオとアクセサリーショップのあいだを抜けたところからもう人を物色し始めた。誰でもいいのだ。物好きで、いくらか軽率で、気味は悪いが何も難しいことはないお使いを引き受けてくれる人物なら。

最初に声をかけたのは、コンビニの前に立った四十代半ばと思しき女性だった。買ったばかりのおにぎりを豪快に頬張るスーツ姿に頼もしさを感じたのだったが、すがる思いで寄っていったため接近が急になり、ちょっとお時間いいですか、とかけた声も迫るようになって、女性はすぐさま一歩、二歩と退いた。そして、もしぼくのかわりに高堂神社にお参りしてきてくださったら、と震える手で差し出した五千円札を見るなり、足早に立ち去っていった。

しかしその失敗で、大人じゃだめだと浜野は悟った。それで十四、五くらいの、千葉や埼玉や群馬あたりからはるばる遊びに来たそそっかしい少年少女を狙うことにし、竹下通りまで足を延ばした。午後三時の竹下通りはすごい混雑で、平日でこれなら週末は祭りのようだろう、でもその光景を目にする日が来ることはたぶんないだろうと考えながら歩いた。雪の記憶もかき消えそうな人いきれだった。

ああそうか、正月に帰らなかったからだと、そこで不意に通話中の気移りが腑に落ちた。年に一度の里帰りとして年末年始はこれまで必ず帰っていた習慣を、この年、初めて見送った。

今というのは、だから人生でもっとも長く松本から離れているときなのだ。その記録を年明け以降、一日ずつ更新し続け、今朝はいよいよ思いを馳せるほど遠ざかったのだ。

たまには東京で年越ししろよと、毎年そう言ってくる梶は、倉地と出会った年からずっと椚神社でその瞬間を迎えていた。おふだやらおみくじやらの売り子として期間限定の巫女になる彼女の姿を見るのがおもな目的ではあったが、必ず祖母も伴って、勝利の神様・椚萬蔵に家内安全を願うのだということだった。

高堂の神徳もそういえば勝利だ。そう考えたら頭の奥が軽く逆上したようになり、今しがたの馬鹿げた訴え——「だからこの戦いは、何がなんでも水際で……」——まで連なって思い出され、右手に現れた四人の少年たちを浜野はサングラス越しににらみつけた。地下の雑貨店に続く階段に腰を下ろし、楽しそうに話している。ブリーチした髪やその色に合わせたカラーコンタクトからは自意識が溢れ出しているが、声や肩付きはまだ幼く、近寄ってきたサングラスの男を見上げるその目もあどけなかった。

少年たちは浜野が階段を使うのだと思ったようだった。腰を下ろしたままではあったが、左右に寄って道をあけた。しかし相手がいっこうに階段の上から動かず、じっと自分たちを見下ろすばかりなので、やがて目配せで相談を始めた。そうするうちに一人、二人と、くすくす肩を揺らし始めた。浜野には別にどうという考えもなかった。ただ妙に頭がカッカしていたのと、突拍子(とっぴょうし)もない切り出しのほうがこの子らにはいいだろうと思い、こんなふうに言った。「神を信じるか」

少年たちは揃って噴き出した。やべーの来た、と小柄なのが嬉しそうに囁いた。

「信じるか」ともう一度聞くと、うーん、どうかな、と黒いキャップの少年が様子見の返答をした。そこで浜野は、ポケットからさっきの五千円札を差し出した。「じゃあこれは？」

顔に笑みを貼り付けたまま、少年たちは見定めるように浜野を見上げた。浜野の頭はますます熱を持ち、シャツの汗はダウンに蒸されながら広がっていった。太陽が迫ってきていると考えなければ説明がつかないような暑さで、この子らから見たら今のおれは太陽を背負っているようなんじゃないか、天から下ってきた使いか何かのようなんじゃないかと考えた。

「信じるな？」浜野はお札をちょっと揺らし、「神も同じだ」と励ますつもりで言った。「これを五人で分けてくれ。きみら四人と高堂さんで」

「誰さん？」

「高堂さん。高堂神社の神様だよ。神社はここよりちょっと向こうにある。千駄ヶ谷のほうだ、ここをまっすぐ行って明治通りに出たら左。そのままセコムの前通って、原宿警察の前も過ぎて、道なりにずうっと北上するといきなり出てくる森がそう。入り口はちょっと狭いけど、奥のほうに鳥居があるからすぐわかる」

「まじで五千円くれんの？」

「一人千円。その神社まで行って、おれのかわりに祈ってくれたら」

「何を祈るの」

「おれの職場の同僚の、梶って奴のおばあちゃんの――」

「わからん、わからん」一番大柄なのが笑った。「登場人物多すぎだろ」

「なんでもいいよ。もらえるんならもらっとこ」

そう言って立ち上がりかけた銀色の目の友人を、黒キャップの少年が制した。「馬鹿かよ。そんなんだからおまえすぐ腹壊すんだぞ」

「腹壊すのは関係ないだろ」

「怪しいもんにすぐ手ぇ出すから痛い目見るんだっつってんの」

「でもこいつ売人とかじゃない、ただのちょっとかわいそうな奴だ」

「と見せかけた詐欺師だったら？　ここは草加じゃない、東京だ、触らぬ神に祟りなしだよ」

黒キャップの少年はなかなか洒落たことを言って立ち上がり、仲間たちにも続くよう手で合図した。

「わかった、二千出す」浜野は素早く横をすり抜けていく草加少年たちに持ちかけた。「一人二千。神だけ千だ。おい、神より上でも不満だってのか」

「自分でやらなきゃ意味なくない、願掛けなんて」

「意味？」黒キャップの少年のその言葉は、勝利と同じくらい浜野を刺激した。「なんだ意味って。おいおまえいくつだ。その歳でもう意味とか言ってんのか、なあ」

やべえキレた、と少年たちは楽しそうに逃げ出した。四人ばらばらに人ごみに紛れたと思ったらすぐにまた合流し、笑いながら遠ざかっていく。浜野は無論追わないが、体では追わないだけで、追及の衝動はいっそ大きくなっていった。五千円札を握りしめた手をポケットに突っ込み、死ぬまで根に持ちそうな自分を感じながら歩き出した。

次に目をつけたのはアイドルグッズの店から出てきた二人組の女の子だったが、声をかけようとした瞬間、防犯パトロール隊のオレンジ色のジャケットが向こうに見えて浜野はようやく我に返った。パトロール隊にというより、それを見ていささかなりともひやりとしたこと、そういうことをしているのだという自覚にぎょっとした。しばしその場に立ち尽くし、次にすべきことを考える。泣くこと以外に思い付かなかったが、できればここではやりたくなかった。

熱が急速に引いていくのを感じた。冷えた汗が今度は体を凍らせ始め、なかなかいい道化ぶりだったじゃないかと、自分をからかってどうにか熱量をこしらえ、さっき少年たちに教えた順路を自ら辿り始めた。

こだわりすぎているのはわかっていた。梶があぁ言ったのは挨拶のようなものだ。祈ってくれたかと確認されることはないし、そのことと実際を因果関係で結ばれることもない。そもそも願掛けに意味があるなどと、浜野自身思っていない。しかし浜野はどうしても、神社の神をごまかす気にはなれなかった。祈ると言ってしまったのならなんでも祈っておきたかったし、どのみち後悔するのなら、その上で後悔したかった。

そうでなくても後悔はすでに相当のものだった。今日まで無知を維持できなかったことはその最たるもので、幡ヶ谷の事務所で面接を受けたときのままだったら、高堂伊太郎に関する知識が八年前と同じだったら、自分ですんなり参拝できたはずなのだ。

しかし「御」の倉地と交流をもってはや四年、さらに、会館の客としてやって来る老齢の知識人たち――単なる国史好きもいれば元軍人も、長州藩士の末裔だという者もいたが、我が国の誇る英雄の祀られた神社で孫が式を挙げてくれたことに心底から喜んでいる、ということでは完全に一致している人々――に、廊下やホールで「きみ、ちょっと」と呼び止められ、「きみみたいな若い人は知らんだろうけどね……」から始まる急な講義を長年受け続けた結果、高堂伊太郎は今や鮮明な輪郭をもって浜野の内に存在していた。

高堂伊太郎の英雄物語は嘉永元年、萩城下に生まれたところから始まる。幼い頃から文武両道に秀で、藩命を受け十七で上洛。勤皇と攘夷の志を持って激動の京都を戦い抜き、箱館まで続いた一連の内戦で俯瞰と牽引の力を発揮し始めたところで御一新。その後すぐ官費で渡英、軍学校に学び、帰国後は日清・日露の両戦でおおいに活躍した。しかし高堂の真の功績は――と長老たちは、汚れた皿を山と抱えた浜野に語る――単に戦いに勝ったということではない。そうすることで日本の国体を作り上げたことである。高堂をはじめ明治の軍人は皆、軍服は着ても心は武士のままだった。腰に見えない刀を帯び、敵ばかりでなく己をも斬る覚悟でそれは常に研がれていた。欧米列強と真剣に向き合っていた彼らは勇往邁進だの挙国一致だのと叫ぶかわりに現実を見据え、国際の掟を尊び、決してそれを犯さぬかたちで戦った。だからこそ日本と日本人の誇りを守れたのだ。我が国本来の聡明さ、美しさというものは実に明治に凝縮されており、もし昭和の仕切り屋たちがあと少しでも謙虚に元勲から学んでいたら……

それから倉地、こちらからはよく逸話を聞かされた。そうそう、と思い出し笑いなどしてから「高堂さんって、子どもの頃からいたずら好きでね――」と世間話のように始めるので、長老連の講義よりもすうっと自然に入ってくる。「豆をやると言って蛙を渡したり、箸の持ち手を逆にして置いたり、仲間にそういういたずらを仕掛けては笑ってたの」

「それから馬が大好きで、家族や仲間と同じくらい大切にしてたって。高堂さんが人前で涙を見せたのは、愛馬が死んだときだけだって話」

「同郷のお偉いさんに連れられて、高堂さんが初めて明治天皇に会ったのは二十二のとき。手作りの凧を献上して、御所の庭園で一緒に揚げたんだって。ちょうどいい風が吹いて、白い凧が青空に二つ、仲良し兄弟みたいに並んで、高堂さんはその日の日記に、天皇が長岡で死んだ弟と同い歳だということを意識せずにはいられなかったって書いてる。天子様と弟を重ね合わせるなんて畏れ多いとは思ったけれど、そう思うほど重なり合った、そしてそのとき、天皇とは故郷だと気付いたって。これから日本はますます変わっていくだろう、でもこの心だけは終生変わらず陛下のもとへ置かせてもらおう。天皇陛下に尽くすことはすなわち弟を弔うこと、父母に感謝し報いること、師を敬い、仲間を頼み、日本という故郷を守ること――高堂伊太郎の生そのものなのだから。二十二歳のそのときに、高堂さんはそんなふうに思ったの」

　明日からキャプテン候補として働く。そう自覚した瞬間、聞き流してきたはずのそれら知識が突然、凄みをもって迫ってきたのだった。そして、神社のほうへと引き返すうちに少しずつ、心得のようなものが湧き上がってきた。脇目もふらず進んだ往路に置き去りにしてきた心を、一つ一つ拾い集めていくような復路で浜野は、自分が明日からこれまでより神に近い場所で働くことを知った。

　新郎新婦のすぐそば、神前で誓いを立てた人々のすぐそばで働く。神前式はれっきとした神事であるからそのあと行われる披露宴は直会（なおらい）にあたる、つまり披露宴まで引っくるめて神事なのだと、いつか倉地が言っていた。その感覚をいつしか自分も持っていたこと、キャプテンという立場に「一線を越えた」感じを受ける本当の理由は、それが披露宴における神職の役割にほかならないからだと浜野はとうとう気が付いた。

　警察署を過ぎたあたりからゆるやかな上りになっていく明治通りを、高堂にとってはこれが表参道だと考えながら歩いた。葉の落ちきった銀杏（いちょう）並木は寒々しかったが、下校中の小学生たちが大騒ぎで駆けていくので、通り一帯は秋にも負けない明るさだった。浜野は子どもたちの声を聞きながら鳥居をくぐった。無知への未練は募（つの）るばかりだった。

　具体的な経歴に逸話、絵でなく写真で残る姿。大柄で目元の明るい、高堂伊太郎は人間だった。神と崇（あが）めて祈るには、あまりに近く生々しい。そもそも本人は了承していたのだろうか。

あなたの死後、あなたを神にしてもいいかと誰か確認したのだろうか——そのあかつきには、あなたにいっさい関連のない人々があなたの知ったことではない願いをあなたに託すが構わないかと。あなたの神徳は勝利ということにして勝利希望者に勝利グッズを売りつけるが構わないか、あなたのことなど何も知らない男女が次から次へとあなたの前で永遠の誓いを立てるが構わないか、あなたの名を冠した神社の横にはあなたの名を冠した宴会場を建て、あなたをだしに延々と金儲けをするが構わないかと。

手水舎（ちょうずや）の瓦屋根の下に入り、浜野はニット帽とサングラスを取った。それをダウンジャケットのポケットに押し込み、同情に駆られたつもりになってなんとか体を動かした。手を洗い、口をすすぎ、椚ではもっと楽だったのにと考える。今年の正月、帰省しないならと梶に誘われ、一緒に椚神社へ初詣に行ったのだ。そのときはこんなに難しくなかった。椚神社はよその神社、椚萬蔵はよその神様、言葉にすれば幼稚だけれどその線引きで心は守られ、大勢の参拝客同様、二礼二拍手一礼とやれた。観光気分でおみくじまで引いた。倉地が休憩に入るまで境内をうろつき——敷地面積は高堂神社の十分の一にも満たなかったが、椚神社には感じのいい回廊があった——そのあと社務所の裏に腰を下ろし、三人で甘酒をすすった。

それが一月二日のことだったので、梶には二日連続の参拝だった。最初は浜野も、大晦日（おおみそか）の夜から待機するという梶家の恒例行事のほうに誘われたのだが、そちらは断ったのだ。年が明ける瞬間を人と過ごすのが苦手だから、帰省をやめたのはそのせいでもあるからと説明し、そこに嘘はなかったが、真の理由は梶の祖母だった。梶の生きる目的だという、その女性に会いたくなかった。一度でも会えば梶に家族の一員と見なされる気がしてならなかった。そこからやがて立石の家に招かれたり、その町を案内されたり、梶も詳しく話さなければこちらも触れずに今日まで来た、梶家の事情を聞かされる気がしてならなかったのだ。祖母以外の家族についてこれまで梶が語ったのは、知り合って間もない頃の倉地が両親のことを尋ねたときだけだった。「母親にはもう十年以上会ってない」と梶は答えた。「父親は何人かいた気がするけど、誰のことも覚えてない」

そうした梶の深い部分を、浜野には受け止める気がなかった。その必要も、頼られるいわれもない、非情のようだがそう思うのだ。自分との対話に他者はいらない。ペラ一枚にペン一本、それだけあればいいのだから。

拝殿を囲う玉垣の中へ進んでいくと、柏手の音が一つ、間を置いてもう一つ、天まで届きそうなほどきっぱりと響いた。参拝者は白髪の男性で、まっすぐに伸びる背中が参道の先に見える。脇に立つ木製の掲示板には紀元節を知らせるポスターと、太い毛筆体による〈勝利〉の二文字が張り出されていた。

篝火から生まれた龍の記憶が、そこで不意に甦った。すると怖じけていた心が熱と棘を帯び始め、惑うようだった足取りもわずかながら確かになった。おそらくは防衛のための、しかし紛れもない戦意を持ったその棘は、高堂の森から来る清浄な風を密かに裂いて淀んだ空隙を作った。そこをすり抜けて浜野は進んだ。参拝を終えた男性と、目も合わせずすれ違う。代理で来たことを忘れたわけではなかった。しかし神前まで進み出たとき、浜野自身に願いがあった。浜野は賽銭を放り、頭を下げ、大きく二つ柏手を打った。そして目を閉じ、決して忘れませんようにと願った——この苛立ち、この悔しさ、この胸に今ある黒々としたもののすべてを。過去は安全で退屈なものだと思っていた。だがもうそうは思わない。百年前の偉人や数年前の自分に、こうも現在を荒らされては。しかしおとなしく侵略されたくはなかった。自分史で抵抗したかった。どの現在を過去とし、記録に残すか、すべて自分で決めたかった。そしてできれば、今この胸を満たしているものから始めたかった。かつて持ったことのないほど禍々しい感情だったが、残したかった、何せそこには少しの嘘もなかったから。

目を開けると、空気が軽く、呼吸がふと楽になった。火照った頬に冷たい風が気持ちよく、木の香りも清々しかった。浜野は合わせていた手を下ろし、がらんどうの拝殿を見つめた。空白に願ったのだ。そう思ったら、わずかながら気が休まった。

草加少年たちに受け取ってもらえなかった五千円札を、浜野はそっと賽銭箱の中に差し入れた。そしてあらためて梶の祖母の回復を、ついでに少年たちの多幸を願い、ようやく会館へ戻った。

その日の夕方かかってきた電話では検査入院になったと聞かされただけだったが、よくないものが後日見つかり、手術の甲斐もなくひと月後に亡くなった。しかしかえってよかったのだと、梶はそう主張した。祖母の死んだ翌日にあの地震が来て、大事に集めていた皿がことごとく割れたので、それを見せずに済んだだけでもありがたい気がするということだった。

震災効果としか言いようがない、と二〇一一年の春以降に挙式の申し込みが殺到したことについて、プランナーの宮嶋はそう評した。不謹慎なようだけれどと言い添えもせず、明日の披露宴に必要な品々をこちらに託すなり大急ぎで次の打ち合わせに向かう姿には、正誤も善悪もなくただただ現実をこなしていく人特有の力強さがあった。キャプテン候補になったことで新たに生まれた他部署との交流は様々な角度から業界の実態を見せてくれたが、世の影響を一番早く、大きく受けるのはやはりプランナーたちで、しばらくのあいだ彼女たちは地震の余波として の新規契約を取り続けた。

浜野にはそのラッシュがどうも腑に落ちなかったが、結婚ってそういうものだよ、と倉地ならば言うだろうとは思った。協力態勢を作るもの。苦難や災いを乗り越えるために、家と家とを結びつけるもの。

しかしその倉地とは、ラッシュが起きる前からもう会わなくなっていた。最後に顔を合わせたのは梶の祖母が亡くなってすぐの頃、地震の直後でまだ余震も激しい頃で、こんなときに悪いけれどと呼び出された代々木の居酒屋で口論になったのだ。

怪我はなかったかとか東北に知り合いはいないかとか長野のほうは大丈夫かとか、ひと通りこちらを思いやったあとに倉地が、「浜野くん、できれば今後は、これまで以上に梶くんと一緒にいてあげてね」と言ったことが始まりだった。

　てっきり例の、水鞠の間を栩が取るかカサギが守るかという話についてだろうと思っていた浜野は、「え？」としか返せなかった。

「できるだけ梶くんのそばにいてあげてほしいの」倉地は物憂げに目を伏せ、胸のあたりまで伸びた髪を耳にかけながら言った。「なるべく一人にさせないように。今、本当に弱ってるから。職場ではそう見えないかも、でも、本当につらいときだと思うんだ」

「ああ、そうだよね」浜野はそう相槌を打ち、それでおさめようかとも思ったが、相手に合わせて飲んでいた熱燗(あつかん)をちびりとやったらどうにもおさまらなくなって、「でも、ちょっとよくわかんないんだけど」と続けた。「なんで倉地さんがそんなこと言うわけ？　あいつと付き合い始めたの？」

　倉地は目を見開き、ぽかんと口を開けた。

「結婚でもするの？」

「何言ってるの？」

「だって今、なんか、そういう感じだったから。うちの梶をよろしくお願いしますって感じだったからさ」

「そんなんじゃないよ」冗談と取るべきか本気と取るべきか判じかねたようで、目はじっと凝らしたまま口元だけゆるく笑った。しかし相手に笑う気がないと見ると、その口元もすぐ引き締めた。「わたしはただ心配なだけ。梶くんがどういう人か、だって、知ってるでしょう。強気な感じに振る舞ってるけど本当は繊細だし、寂しがりだし……、わかるでしょ？」

「わかるけど、それが何って感じ」

「それが何？　友だちじゃないの？」

「なんで倉地さんにそんなこと言われなきゃいけないのって意味だよ。梶は今弱ってる。そうかも。ほんとは繊細。そうかも。でもそのことと、倉地さんがおれに梶と一緒にいろって言うこととどんな関係があんの？　倉地さんは梶のナイーブ部門担当なの？　おれに支援依頼するのが仕事なの？　いつからそういう割り振りになったの？」

「なんでそんな言い方をするのか、全然わからないんだけど」倉地はほとんど愕然(がくぜん)とした様子だった。「梶くんと浜野くんは友だち同士だとわたしは思ってるし、わたし自身も二人を友だちだと思ってる。だから誰かが弱ってたら、助けたいって思うだけ。友だちの力になりたいと思ってるだけ、それってそんなにおかしいこと？」

　おかしいことではなかった。少しもおかしいことではなかった。ただ倉地の正しさは、こちらの不当さ、非道さを、不思議なほど元気づけるのだった。「別におかしいとは言ってないよ。倉地さんてほんと、優しいなって思うし、そうやって人を助けたいって思うからこそうちにもいいスタッフたくさん送ってくれるんだろうし。親切ついでに会場一つ乗っ取ろうとしてたってのはさすがに驚いたけど。おれらから高堂のノウハウを聞き出してたのはそういうわけだったってのは、ちっとも気付かなかったけどさ」

　倉地はみるみる顔を赤くしていった。こちらはまだその件を知らないと思っていたのだということ、伝えておこうという気さえなかったのだということがわかる、焦りきった口調で彼女は、「乗っ取ろうとなんてしてない」と言った。「あの話は、まだ本決まりじゃないし、高堂から持ちかけてきたことだし、あんなことになるなんて思わなかったの本当に。浜野くんたちを騙（だま）すつもりなんてなかった。わたしはただ高堂さんの足手まといにならないように、少しでも力になれるようにって、そう思ってやってただけ」

「まあいいよ、悪意の有無はいいよ、でもさっきから倉地さんが言ってるその、助けたいだけ、力になりたいだけっての、いい加減やめてほしいんだけど。だけかよ。もう一つくらい何か気にしろよ」

　倉地に対して荒っぽい口をきくことに、もうなんの抵抗もなくなっていた。二合ばかりがずいぶん調子良く回っているなとまだ冷静な部分が残っていた頃は思っていたが、自分に自分で応えるように言葉を連ねていくうちに、これが酒のせいでも、今だけの腹立ちでもないことに浜野は気付いた。とめどなく溢れる言葉は「だからこの戦いは、何がなんでも水際で」と新田から言われたときを、病人のように竹下通りを徘徊（はいかい）したときを、高堂神社にとうとう参拝したときを、梶から訃報（ふほう）を受けたときを、さらには十一日のあのふざけた大揺れを全身に受けたときを――そのとき浜野は不思議と気の合う洗い場のベトナム人たちと一緒にいて、何もかも砕け散ればいいと考えながら食器倉庫の棚を支えていた――しっかりと経ており、幾重もの波が合わさったその大波が今、さらに新たな波を立てようとしているのだった。

「たとえば金の話だよ。うちの会館に手伝いに来るあの優秀な椚さんたちがもし仕事に見合った報酬をもらってたら、そもそもこんなことは起きてないんだ。だけじゃなく、もう一つ多く考えて、高堂への義理立てよりそういうシステムを椚に作ることのほうを倉地さんが優先してたらさ。おれは最初から言ってただろ、高堂の婚礼は完全にビジネスで宮司の頭には金しかないって。金で動いてる世界に奉仕の精神持ち込んだらそりゃレートも狂うわな。世話ないぜ、ほんと、神社仲間にたかられてるんじゃ。御祭神同士の絆が心配だよおれは。第一その奉仕の精神ってのはどっからきたんだ。なんで金が汚いものみたいな扱いなんだよ、神道なんて酒と金の世界だろう。初穂(はつほ)料だの玉串(たまぐし)料だのってきれいな名前つけるくらい金が好きだし、賽銭箱なんて、あんな神前で財布開けさせる露骨な装置まであってさ。どう見ても神は金を肯定してるぞ。何を勝手に恥じてんだ。神を信じるならちゃんと金の話をしろよ」

倉地はおちょこに残っていた酒をすっと飲み、手早く帰り支度を始めたが、浜野は言葉を止めなかった。彼女の目にうっすら涙が浮いていたことも、おそらく無関係ではなかった。「梶の話をしたかったのにって思ってんだろうな。本気であいつのことが心配なんだろうな、でもそれだって同じことだからな。倉地さんがもう一つ多く気にしてくれてりゃよかったんだ。その貧弱な想像力振り絞ってあと一つだけ考えてくれてりゃよかったんだよ、自分は何も知らないかもって。倉地さんから見えるおれらの関係なんてごく一部でしかないんだよ実際。当然だろ。何が梶のそばにいろだ。個人間の関係にどうして干渉できると思うんだよ。おれが梶をどう思おうが、何をしようがしなかろうが、金輪際口を出さないでくれ」

「梶くんはね」とうに立ち上がってコートも着終えていた倉地は、浜野を見下ろし、まっすぐに言った。「前に二人で話したとき、浜野くんが東京に出てきてくれて本当によかったって言ってたよ。昔の自分だったら絶対仲良くならなかったようなタイプだけど、だからこそ一緒にいると楽しくて、元気が出て、生まれ変わったような気になれるって。一生大切にしたいと思える唯一の友だちなんだって、そう言ってたよ」

こいつとは最初からこうだ、肝心なところが嚙み合わないんだとそこで思い出したが、これまでのようには引けなかった。齟齬を素通りできなかった。倉地の言葉は浜野の胸に深く食い込み、一瞬のことではあったが、立石の家で黙々と祖母の遺品整理をしているであろう梶に会いたくてたまらなくなった。泣いて詫びたい気さえした。甚だしく見当違いに攪乱してくる倉地はそれでも、それが何、と返したらあっさり目を伏せた。飲んだぶんは払えよおいと去っていく背中に怒鳴ったが戻らず、それきりだった。

なんだか派手にやり合ったらしいな、と梶に探りを入れられたときはさすがにばつが悪かったが——おれとあの子は合わないんだとだけ返した——もう二度と会わないかもしれない、つまり倉地は実質的に死者だと考えるようになってからは、彼女を思い出すことに抵抗がなくなった。それは怪我の功名というべき変化だった。浜野が思い出すのは倉地自身というより彼女の言葉だったが、目まぐるしく変わる表情や笑い声、艶めく黒髪、堂々たる足取り、倉地らしさをおおいに示していたそれら身体的特徴から離れたことで言葉の数々は完全に純粋な状態で浜野のもとに、ようやくのことながら届き、新郎新婦のエスコートという新たな仕事を図らずも助けたのだった。

　たとえば例の、結婚とは家と家とを結びつけるものだという考え方も、キャプテン候補としてホールに出ずっぱりになってからはずいぶん役立った。結婚するのは二人なのになぜ「ご両人」でなく「ご両家」の披露宴となるのか、新郎新婦の親族たちはなぜ宴中延々と主賓たちにビールを注ぎ続けるのか、なぜ締めの挨拶に当人たちだけでなく両親まで並ぶのか、なぜ女性たちや新婦側の人々は押し黙り、新郎と新郎の父だけが謝辞を述べるのか——これまではただそういうものとして眺めていただけの形式が、倉地の言葉でようやく一応筋が通った。浜野が毎週立ち会っているのは二つの家が一つになることを祝う宴であり、また、男が女を家ごと飲み込む現場なのだった。

　あらためて見ていくと、婚礼というものはつくづく新郎及び新郎の家が上という考えのもとに構成されていた。これもいつか倉地に聞いたことだったが、日本は伝統的に左上位である、よって神前式では新郎が左に立つ。いや高堂では逆だと、浜野はそのとき確信をもって証言した。以前見た参進で、新郎が確かに右を歩いていたのを覚えていた。すると倉地は笑い、左上位というのは神殿から、神様の目線で見て左のことだと教えてくれた。神様の目線！——浜野は驚き、同時に知った。つまり日本の婚礼において、新郎に優越するのは神だけなのだ。

しかし浜野には、新郎というのがそれほど敬われている存在には見えなかった。それはあるいは、披露宴での主役は新婦で新郎は添え物である、という入江の教えがいくらか関係していたかもしれない。入江はさらにこう続けた、だからもし、一緒に移動させるべき二人が会場内で遠く離れてしまったときには——緊張した新郎が新婦を置いてすたすた先に行ってしまうことはままある——迷うことなく新郎を捨て、新婦を守れ。新婦を目立たせ、新婦を輝かせろ。新婦がいる場所がこの宴の中心なのだということを、キャプテンである自分の立ち位置で客たちに示せ。

入江はもちろん同性びいきでそんなふうに言うのではなかった。新婦を優先させることはほとんどすべての新郎が望むところで、結局はそれが新郎新婦という客への最大の貢献になるということは、すべての部署がそれぞれの実体験に基づいた上で抱いている認識であり、教えとして脈々と引き継がれてもいた——とにかく新婦を大事にしなさい、そうすれば多少ミスをしてもネット上に低評価のコメントを書き込まれたり、一生に一度のイベントに傷を付けたからには金を返せと迫られずに済むのだから。

伝統主義による女性差別と商業主義による男性差別、この二つをかけ合わせて粉飾した現代の婚礼の担い手として、浜野がまず叩き込まれたのは新郎新婦から目を離さない訓練だった。二人の状況を正確に把握し、その状況に応じて手助けする者が必要なのは、着慣れない衣装のために彼らが常に軽度の呼吸困難に陥っているという事実だけでも明らかだった。二人はその上ひどく緊張し、同時に舞い上がってもいる。不安に押し潰されそうで、かつ歓喜に包まれてもいる。浜野の目には彼らが、自分の部屋か子ども時代か、そのどちらかに正気を置き忘れたまま千駄ヶ谷の谷底に転がり落ちてしまった遭難者のように映った――彼らはもう自分一人ではどちらの足から歩き出すべきかも決められず、水をひと口飲むタイミングさえ摑めないのだ。

司会者が完璧に装った声で自分たちの生い立ちを語るのを、彼らは厚い衣装の中にだらだら汗を流しながら聞いている。新郎には白いハンカチが、新婦にはアテンダーによる簡易の化粧直しが必要になるがそれはライトの熱のせいばかりではない。何せすぐ目の前のテーブルに上司がいるのだ。しかしもちろん招待したのは彼ら自身で、完全にプライベートだった交際を結婚となった途端にオフィシャルに切り替え、彼女の顔が好き、彼の声が好き、彼女の明るさが好き、彼の優しさが好き、彼女の胸に吸い付くのが好き、彼にうしろから突かれるのが好き、そういういわゆる愛の育みにまるで関係のない――関係があったらたまったものではない――職場の上司たちに、愛の育みの結実たる場においてもっとも自分たちに近い席を与えたのもまた彼ら自身だった。だからどんなに不快な汗をかいても彼らは疑問を抱くことはなく、ただ耐えるだけで、上司たちより遠いテーブルから送られてくる友人たちのにやにや笑いが救いか呪いか判然としなくても、やはり納得して笑い返すのだった。

新郎新婦に注意を払う訓練に勤しむうちに、浜野の心に一つ大きな癖がついた。二人の両方を見ているつもりがいつしか新郎のほうを余計に気にしているという、偏りの癖だった。世話役として一日じゅう二人に同伴するアテンダーは必ず女性で、どちらかというと新婦付きの役柄だったので、こちらが新郎を受け持つつもりでいればちょうどバランスもいいだろうと最初はただそう思っていたが、ある披露宴の乾杯直後、義務としていくつかのことを伝えるために新郎のそばに跪いた瞬間、自分はこの人に仕えているのだという強烈な自覚に襲われて驚いた。跪くという動作がいたずらに呼び起こした感覚に違いなかった、しかし頭も頭で咄嗟に動き、浜野に一つの物語を作らせた——もし倉地の言うとおり披露宴が直会で、神事の一部であるならば、神前で修祓を受け誓詞奏上をしてきたばかりのこの新郎はここでは神にあたるのではないか、幻の金を生む神などというものではなく、本物の神なのではないか、そして新郎と自分は神と見習い神職の関係にあたるのではないかというのがその物語のあらましだった。

あるいは天皇と高堂伊太郎だ——そんなことまで考えたら、急ごしらえの物語が浜野の内にみるみる根を張っていった。明治天皇に爪を献上したときの高堂伊太郎も、きっとこんな心境だったのだ。今日初めて会った、人柄も何も知らないけれど忠を尽くすことだけはとうに定められている相手を前に、妙にさっぱりとした勇ましさを己に感じていたのだ。

これまで浜野はほかの客に対するのと同じく新郎にも笑顔で接していたが、このとき初めてそれを不適切に感じ、ご新郎様、と自然と引き締まった顔で囁きかけた。巨大なレンズを向けてくるカメラマンやビール瓶を持って押しかけつつある招待客の群れに気を取られている新郎をもう一度、今度は少し鋭く呼ぶ。「ご新郎様！」

新郎は我に返ったように浜野を見た。実際、この瞬間だけは、朝から身を委ね続けていた婚礼の熱い渦潮から顔を出したのに違いなかった。新郎というよりは一人の男に、正気をなくした遭難者というよりただ一人の人間に見え、やはり同じ人間として浜野を見ているように見えた。

そのことを宴中忘れずにいてもらうために、より抑えた、飾り気のない声で浜野は、今からどんどん酒を注がれるであろうこと、すべて受けずにはいられないだろうこと、しかしいちいちまともに飲んでいたら終宴まで体がもたない可能性があることを伝え、くれぐれも無理せず——「お酌で大切なのは気持ちですから……」——飲みきれないぶんはここにそのまま流してほしいと、新郎の足元に仕込まれている小さなバケツを手で示した。もしこの人に何かあったら。そう考え、浜野は戦慄した。祝福にも加減が必要なのだともし招待客たちが知らなかったら。アルコール性の祝意が万一、この人を殺してしまったら。

その祝意が人波に乗り、すぐそこまで迫っていた。しかし彼らに譲る前にもう数秒、浜野は新郎を独占し、自然と出てきた忠臣の声で囁いた。「わたくしいつでもご新郎様のおそばにおりますので。どんな小さなことでも結構です、何なりとお申し付けください」

そして短く頭（こうべ）を垂れ、その場を離れた。新郎はたちまち大勢の人に取り囲まれたが、去り際、驚いたような笑みとともに返されたありがとうの声は、しばらく浜野の耳の奥にあたたかく響いていた。

新郎への忠誠心はその後も続いた。それどころかむしろ激しく募っていき、新郎を悩ませる者は主賓でも容赦（ようしゃ）しない、新郎の行く道を阻む者はたとえ親族でも許さないというような、「おれの新郎」という意識がいつしか生まれていた。浜野は新郎の中座中、写真映えするようひときわ美しく盛り付けられた高砂専用の料理でメインテーブルを完璧な左右対称に飾ったが、新郎が戻ればすぐさまその作品を破壊して主人が望むものを前に出した。膝（ひざ）の上にナプキンを広げてやり、食べられる時間は今しかないと教えてやり、本当に飲みたいものは何かと聞いてやり、再度お酌攻めが始まったらそっと水の入ったグラスを置いた。

披露宴最後の挨拶のとき、締めの言葉の前に新郎は会場スタッフへの感謝を述べた。そういうことは時折あり、こちらも一礼で応えるというマナーとしての規則も定められていたが、初めて名指しされたとあって浜野には忘れられない一幕になった。

新郎は担当プランナーの宮嶋、会場責任者の入江の名をまず挙げ、礼を言ってから、「それから披露宴中、ずっと気遣ってくれた浜野さん」と言った。「本当にありがたかったです。実をいうとぼくは、ぼくたちは……今日のことをすごく悩んでました。地震と津波で大勢の人が亡くなって、町もあんなふうに消えてしまって、さらには原発のこともあり、東京でもこんな、計画停電だなんだって毎日大変なときに、結婚式なんてしてる場合なのかなと。もちろんすべて震災前に決めていたことでしたけど、あの日を境に何もかも変わってしまったから、それまでどおりにはとても考えられなくて。それで何度も二人で話し合いました。せめて日をあらためるべきなんじゃないかとか……ボランティアに行くから出席できなくなったと知らせてきた友人もいたので……でもさすがに急すぎる、かえって皆さんのご迷惑になるだろうということでこうして予定どおり執り行いましたが、やはり何か、正しくないことをしているという気持ちは拭いきれずにいました。だけど今、ここでこうして喋っているぼくに後悔がないのは、みなさんに心からの祝福をいただけたことと、さっき言った……前置きがすごく長くなっちゃったけど、浜野さん……今どこにいるんだろう。ああ、いた。窓のところに立ってる彼です。あの方のおかげなんです。うまく言えないんですけど、フォローの一つ一つが的確で、言葉に心がこもっていて、それがなんだか、ぼくはここにいていいんだと言ってくれているような気がしたんです。本当に救われました。どうもありがとうございます」

　会場にいる全員の視線を浴びながら深々と頭を下げたそのとき、浜野の新郎への愛は最高潮に達した。普段はそこまでやらないが、入江に促されたこともあって宴後も付き添ってブライズルームまで送った。しかし謹んでそこを去ると――「どうぞ末永くお幸せに……」――心はさっそく次なる王を求め始めた。披露宴を終え、控え室でくつろぎ始めたその男はもう「おれの新郎」ではなかった。浜野が仕えたいのは特定の個人ではなく、高砂につく権利のある者、最新の新郎だけなのだった。

その新たな王がお出ましになる四十分後の新時代に向け、会場は大急ぎで作り替えられていた。先代の新郎が選んだ料理は残飯と成り下がって投げ捨てられ、先代の新婦が選んだテーブルクロスは紙くず同然に丸められた。重機の如き台車がテーブルのあいだを駆け回り、二台の掃除機が競うように騒音を立て、倉庫からは続々と引出物が運び出され、怒号の連絡が飛び交った。この破壊と創造の入れ替え作業をどんでんと呼ぶ配膳業界の慣習を、浜野はこのときほど好もしく思ったことはなかった——どんでん、どんでん！　胸の中で叫んでみると、会場内の破壊音と相性ばっちりの響きだ——どんでん、どんでん！　あの感動は実際もう跡形もなかった。きっと真実だった新郎の言葉も。まったくなんというどんでん返し、人の思いも空間も、まるごとひっくり返すとは。

高堂会館で働き始めて間もない頃の感覚が、新鮮味を帯びて戻ってきた。婚礼にどっぷり飲まれるあの感覚。そしてそのあと、森の風で我に返るあの感覚。しかも浜野はもう裏方ではなかった。主役に名を呼ばれるほど重要な、れっきとした役者の一員だった。だからこそ舞台から降りたあとの目眩(めまい)、放心は甚だしく、更衣室の畳にしばらく横になってからでなければ松葉屋に行く力さえ出なかったが——その上たっぷりと幼児性を残した平成生まれたちにのしかかられたり、顔に落書きされたりしたが——見返りは大きかった。婚礼世界に深酔いするほど、ペラとペンの世界は冴え冴えと輝いていったのだから。

4

新田は大喜びだった。新郎から名指しで褒められたことが社長の耳に入り、そんな人材がいるなら是非会いたいと社長室まで呼ばれたり、そこで激励の言葉を受けたりしたことがおおいに彼の心痛を和らげたようだった。入江から少しずつ教わるようになったケーキ入刀やキャンドルサービスといった各セレモニーの立ち回り方法も問題なく身につけていくと、出世頭だなあおいなどと露骨に浮かれながら、時給をもう五〇円上げると約束してくれた。

そんなことよりあんた自身の結婚はどうなってんのと問い詰めてきたのは上の姉で、浜野にはなんとも斬新な切り返しに思えた。暮れに帰らなかったこと、三月の本震のおよそ三ヶ月後に松本を大きな揺れが襲ったときに安否確認の電話一本しなかったことをきっかけに、長姉はまるでこちらを監視するように定期的に連絡してくるようになっていた。だって帰ったってやることないから、ネットで調べて大丈夫だろうと思ったからというのは、姉に言わせれば、心ない人間の言うことだった。

「おれ別に結婚したいと思って結婚式場にいるわけじゃないんだけど」浜野は更衣室のベランダに置かれた椅子に腰掛け、吸い殻でいっぱいの灰皿を見ながら言った。着信画面に姉の名前が出るとそれだけで憂鬱（ゆううつ）になったが、構わずにいるとよりひどいことになるので、出られるときは出るようにしていた。

「じゃあ付き合ってる子は？　いるの？」

うーんと唸りながらつい、素直に考える。付き合ってる子。そういう相手がいたこともあった。出会いや親しくなるきっかけの多い職場だったし、デシャップの仕事を覚えてからはそのチャンスも増えた。特に新人の、まだ経験の浅いウエイトレスたちは、あれこれ指示してきたり世話を焼いてきたりする男にうっかり頼り甲斐を感じてしまうようなのだ。しかし誰が相手でも、関係を深くすること、そしてそれを長続きさせることが浜野にはどうしてもできなかった。その努力がもれなくついてくるのだと思うと恋愛自体が億劫になり、最近では、ひと晩だけ楽しめればいいと思っていそうな女の子が運良く目の前に現れない限りは行動を起こす気にもならなかった。そしてそんな幸運は滅多に訪れないのだった。

「まあ、いたりいなかったりっていうか……」

「何？　もやもや喋るのやめなさい」

「いてもいなくても同じなんだよ。お姉ちゃんに関係ないんだから」

「関係ないわけないでしょうが」姉は声を荒らげた。「たいした理由もなく東京行って、脚本もすぐやめて、就職しようとも帰ってこようともしないで。あんたいつまでそうやってふざけてるつもり」

「脚本はやめてないよ」浜野は蟬の声を高らかに響かせている高堂の森を眺めながら答えた。「やめたのは学校。脚本はやめてない、ずっと書いてるよ。そのために生きてる感じだもん」

「じゃあそれをどこかに応募しようとしてるってこと？」

「いや、そういうのはもうやらない。人に見せる気はないんだ、自分が楽しきゃいいだけだから」

「それじゃあ何も書いてないのと同じじゃないの」

「いやいや」浜野は笑った。「同じじゃないでしょ。普通に考えて。だって書いてるし」

姉は少しのあいだ黙っていた。やり込められたのではもちろんない、弟のあまりの話にならなさ、地理的距離以上の遠さに疲れ、細かな休憩を入れながらでないと話を続けられないのだ。浜野のほうでもそれは同じで、姉と一緒に休みながら、この部分だけは少なくとも似ていると思った。

もともとこんな関係だったわけではなかった。この姉のことも下の姉のことも、以前は素直に好きだった。どちらも思いやりがあり、ある程度はおおらかで、ものを深く考えない弟が好き勝手に生きているのをあきれながらも楽しんでいるようなところがあったのだ。教育熱心な父の期待に完璧に応えた姉たちにとって、特に反抗するでもなくその期待をはぐらかしてのらりくらり生きている自分が一種の癒しになっているのを、浜野は帰省のたびに感じたものだった。意図したことではないにしろお姉ちゃんたちのためになっているならよかったと、だからこちらもまた淡い喜びを抱いていた。

ところが姉たちの結婚ですべてが変わった。まず長姉が、翌年に次姉がと続いたとき、浜野は二十数年間抱いていた姉たちへの信頼のほとんどを失ってしまった。結婚がいやだったのではない。結婚という選択は、選択したという自覚もなさそうなところも含めて姉たちらしかったし、義兄になる人たちも朗らかだった。浜野がいやだったのは結婚式だ。というより、欠席したいという要望を一笑に付されたこと、何度頼んでも聞き入れてもらえず、無理矢理に引っぱり出されたことだった。

式や披露宴に客として参加することがどれほどの苦痛か、それでも必死に説明したのだ。制服、それから従業員の自覚という物理的、精神的な緩衝材がなければもはやいられない場所なのだということ。時給も出ないのに祝福顔で拍手をし、お姉ちゃん今までありがとう、そしておめでとう、幸せになれよ……などという新婦の弟役を演じることは絶対に不可能なのだということ。しかしおぞましいことに、姉たちはそれを照れと解釈した。浜野は子ども時代、一度だけこの姉たちに殺意を抱いたときのことをまざまざと思い出した――やめてと泣いて頼んでいるのにくすぐるのをやめてくれなかった、二十本の指と二つの笑顔。浜野が里帰りを怠ったのは、次姉の結婚式から数えて最初の年末だった。

「脚本を書くなら書く、式場の仕事を続けるなら続けるで、それはいいのよ」長姉はさっきより落ち着いた声で言った。「ただどちらかに決めて、決めたらそっちを本気でやりなさい。せっかく評価してもらえてるんなら式場のほうで頑張るのがいいとわたしは思うけど、いつまでも派遣のバイトなんてかたちでやってちゃだめ。事務所のほうでも式場でも、どっちでもいいからかけ合って社員にしてもらうの。登用制度なんてなくても大丈夫、気に入られればなんとかなるから」

「社員になんかなったら終わりだよ。本人役で披露宴に出るよりひどい」

「とにかく生活の基盤をしっかりさせること」姉は弟の言葉をきれいに無視して続けた。「時給なんていくら高くたって定収入と福利厚生にはかなわないんだから。それから真面目に女の子と付き合いなさい。ただ付き合えってんじゃないからね、一生をともにできるパートナーを探すの。大丈夫、あんたならきっといい子を見つけられるから。同窓会に出るとかしてもいいと思うし……、とにかく一度帰ってきたらどう。こっちでならわたしも何か仕事を紹介できるかもしれないし、少しのあいだだけでもお父さんとお母さんのそばにいてくれたら本当に助かるんだけど。あの二人、今、ちょっと危機なのよ」

暑さも手伝って遠のきかけていた意識が、この最後の話題で戻った。「へえ。どんな」

「うまく説明できない」姉は急に自信なげになった。「一朝一夕のうちに起きた問題でも、片付く問題でもないんだと思う。決定的な何かがあったっていうよりは、いつかはこうなっただろうことがとうとう起きたって感じ。まあ三十年以上も一緒にいれば、どこかしらガタがきたり擦り切れたりするんでしょう。幸いわたしたちは二人とも市内だから、交替でちょくちょく様子を見に行ってるけど……なんとか持ちこたえてもらわなきゃね。特にお母さんのために。資格も何も持ってないんじゃや、今さら一人にはなれないから」

姉の言葉を聞いているうちに、再び意識が遠くなった。もう戻れる気がしなかったので休憩時間が終わるからと告げ、話は切り上げにしたが母のことはしばらく残った。

進路の曖昧な息子にも、その息子をどの町に住まわせよう、どのシナリオスクールに通わせようとむきになって調べている夫にも、いっさい構わなかった人だ。地震後に安否確認をしなかったと姉は怒ったが、東京で一人暮らしを始めた十代の息子に調子はどうか、問題はないか、元気でやっているのかと一度も尋ねてこなかった母のほうが、よほど念入りなつれなさだと浜野は思う。米だの野菜だのを詰めたのをたまにひょいと送ってくれることはあったが、手紙が同封されていることもなく、ただ送り状に一言だけ添えられていて、品名欄はいつもこうだった――〈食品　お達者で〉

この表記がどれだけ自分を励まし、元気づけるか、母に正確に伝えることは一生できないような気がした。唯一のメッセージを品名に分類する無頓着さ、お達者で、という言葉の、今生の別れをも感じさせる寂しさ。すべてが浜野にはちょうどよく、ありがたかった、母が願った以上に達者でいてやろうと思った。

姉からの電話はその後もおよそ月に一度のペースでかかってきたが、母の影はその中であまり濃くなっていかず、かわりに浜野の仕事のこと、結婚のこと、さらにいつか持つべき子どものことなどの話はどんどん濃く重くなっていった。

しかもそれと並行して地元の友人たちが突然、まるで姉の要望が正当であることを証明するかのように、よってたかって結婚報告をよこすようになったのだった。

「おまえなんなんだ」と、気心の知れた幼なじみにはさすがにそう言わずにいられなかった。「結婚するのはいいよ別に。したいならすりゃいいよ。でもなんで結婚のときだけ呼ぶんだよ。なんでスーツ着て三万包んでこいっていう暗黙のルールのもとに呼ぶんだよおれを。社会的に重要な通過儀礼だからってんなら就職だって同じことだろ。内定もらったときおまえ披露宴やったか。おれ呼ばれてないけどやったのか。運転免許取ったときは？　童貞卒業したときは？　同じことなんだよ。おまえの結婚なんてこっちからすりゃおまえの童貞卒業と同レベルのめでたさと知ったこっちゃなさなんだよ。それでもまだおれに来てほしいか。スーツ着て三万包んできてほしいか、なあ」

わかったわかった、とそこでは笑って諦めてもらえる――しばらく会ってないから忘れてたわ、そうだおまえ、超テキトーなくせにクソめんどくさい奴だった。しかし姉はそうはいかなかったし、同年代の人間たちが結婚という制度に大喜びで身を繋ぎだした事実は変わらなかった。法で定められているわけでもないのに従順に、自ら薬指に枷(かせ)をはめ、自分がその制度の支持者であると世間にまで知らしめるようになったのだ。

　二十七というのはそういう年頃なのかもしれなかった。気の触れた年長者だけが新郎新婦になるのだとこれまでは思っていたが、いよいよそこに仲間入りするときが来たのかもしれなかった。しかし奇(く)しくもそれは、宮嶋が震災効果と呼んだあの挙式申し込みラッシュの人々が半年以上にわたる準備を終え、とうとう本番を迎え始めたのと時期的にぴったり重なったのだった。震災前に立てていた計画を申し訳なさそうに消化するという気の毒な人々の時代はもう終わっていた。時はすでに茶色い津波が人を町ごと飲み込んでいくあの奇妙に静かな映像を目に焼き付けた人々の時代、その上で結婚を決意した夫婦による、確信的婚礼の時代に入っていた。身辺と世間とがまったく同じ動きをみせていることに浜野は戦慄し、急にすっぽり、これまで以上にわからなくなった。結婚とは――

　協力態勢を作るもの、家と家とを結びつけるもの。そんな建前はもう浜野の頭にはなく、まず思い浮かんだのは五年前、テーブルクロスのしまわれた倉庫の奥で目撃した光景だった。入江と汐見が制服を着たままセックスしていた。着衣のままとはいえこちらに背を向けていた汐見の尻、棚がわりのテーブルに仰向けになった入江の腿(もも)の白さと肉感は薄暗い倉庫内にありありと浮かび、激しく揺れながらぬかるみの音をたて、押し殺した吐息はどちらがどちらのものともわからないほど渾然一体となっていた。おおう、と浜野は胸中で叫び、確かに胸中だったろうか、少しも口から漏れ出なかったろうかと怯えながら即刻退散したが、クロスを取ってくると出てきたのになんと言って戻ろうと思案するあいだ、不思議と明るい気持ちだった。入江は既婚者だったし、汐見にも新しい恋人ができたばかりだった。しかしそれと並行して二人もやはりパートナーで、ともに月日を過ごしてきた仲、本気でものを言い合う仲、もっとも信頼し合う仲なのだ。その二人が職場で体を重ねているというのは――それも制服姿で、時給が出ている時間帯に、まるで休憩の一種みたいに――なんともまっとうなことに感じられた。

年明け最初の婚礼を翌日に控えた金曜の夜、一階のロビーを歩きながら、入江と汐見のあの関係も結婚と呼べるのではと浜野は考えた。誓いなし、儀式なし、恋心さえなさそうだが、ほかはすべて揃っている。信頼に率直さ、相互理解に共犯意識、極限まで達したパートナーシップ。あれは絶対に結婚だ。そう呼ぶとややこしくなるというだけのことだ。

そう答えが出た瞬間、不意に、一人の男性客が目の前に立ちはだかった。よう、というその声にも、角張った笑顔にも覚えがあったが、すぐには記憶と繋がらない。それからひらめき、おおおお、と思わず大声が出て、ははははは、とやはり大きな笑い声が重なった。西崎だった。

司法書士の資格を取るための勉強をしながら千重波の間で働いていた西崎は、何度目かの挑戦でめでたく試験に合格し、働き口も無事見つけて高堂を去った。それが二年前のことで、以来初めての再会だった。仕事帰りなのかスーツ姿で、いくぶん伸びた髪はゆるく波打っていた。

浜野は久しぶりに会った同期の顔をまじまじと見た。制服を着ているのに、まったく素のままの笑みが浮かんでしまう。「どうした。何してんだよ」

「やっと知ってる顔に会えた」ほとんど同時に西崎は言った。「ほっとしたよ。まだレセプションとクロークしか覗いてないけど、だいぶメンバー変わってたから」

「会場のほうにはみんないるよ。望月さんもいる、明日のスタンバイしてるよ」

「うん、あとで挨拶しに行くよ」

「もしかして、またここで働くの？」そうだという返事でも嘆かずにいてやろうと考えながら浜野は尋ねた。新しい仕事が長続きせず戻ってきてしまうケースも多かったのだ。

「いや、そうじゃない」としかし西崎は答え、決まり悪そうにほほ笑んだ。「今日は客として来たんだ。会場見学だよ、おれはもちろん見学なんて必要ないけど……」

西崎はそこで、観葉植物で曖昧に区切られた打ち合わせコーナーのほうを振り返った。二人掛けのソファ席に、片側を大きくあけて腰を下ろしているショートヘアの女性の姿があった。その人も、向かいに座っているプランナーの宮嶋も、訳知り顔をニコニコさせてこちらを見ている。

浜野は軽く会釈してから彼女たちの向こう、ガラス越しに広がる庭園のほうへふわりと視線を投げ出して、いっとき、思考することと知覚することを放棄した。そしてすぐにまた戻った実存の世界で、感じたことのない気怠さを一身に引き受けた。

西崎は浜野の言葉を待っている様子だったが、「友だちの紹介で知り合った人で、もう入籍はしてるんだよね」とやがて自分から話しだした。「そのほうが色々ゆっくり準備できるかと思って。といっても、ほかの式場を見に行くつもりはないんだけど。高堂で挙げるよ。彼女も賛成してくれてるし。披露宴も、一応全会場見せるけど、たぶん千重波で」

浜野はようやく西崎に視線を戻した。何か言わなくてはと焦っていたが、なかなか言葉が見つからなかった。西崎からの結婚報告は地元の友人たちからのそれとは性質が違った。西崎は、何せ舞台裏の仲間なのだ。幻事業の幻製造サイドで一緒だった同僚がいつの間にか幻に飲まれる側に行ってしまったこと、それでもなお舞台裏と同じ調子で話しかけてきていることを、浜野はできれば受け入れたくなかった。重要な一線を断りもなく越えられたのだと思うと恐ろしくてならなかった。それでどうにか思い付いた言葉も、相手を否定するもの、傷付けるに違いないものばかりだった——おまえ何年ここで働いてた、何組の新郎新婦を見てきたんだ。婚礼の本質は形骸(けいがい)化した旧習だ。世界規模のルーティンワークだ。おまえそれに全然気付かないで働いてたのか……

しかし気付いていようといまいと、そんな実態にこだわる気など西崎にはなさそうだった。形骸があればそれでじゅうぶん、そこに詰め込むものならいくらだってあるのだと言わんばかりの満ち足りた顔で、「宮嶋さんに聞いたよ。おまえ、キャプテンになるんだってな」と言った。「なんか感動しちゃったよ。おれにとって高堂は大事な場所だから——揉め事含めて楽しかったし、夢を追ってる連中が大勢いたからすごく励みになったしな――だから同期がそこで骨埋める覚悟を決めたってのは、やっぱ特別なことだなって。高堂で過ごした時間がずっと続いていく感じがするっていうか、思い出の場所で終わらないで、今現在のホームとしてずっと自分の中に残っていてくれるような、なんかそんな感じがするよ」

浜野はほほ笑み、頷いた。こちらが何も言えずにいるのを西崎はどうやら深い感慨（かんがい）のためと思っている様子だったので、もうその路線でいくしかなかった。

しかしそのあと、梶もまだいるんだろ？　と質問が来て、浜野は久しぶりに声を発した。

「ああ、うん」

「相変わらず？」

「まあね。最近ちょっと異動があって、水鞠の人になったけど。で、岸下が海神に来た」

「梶が水鞠で岸下が海神？」西崎は大笑いした。「大丈夫かよそれ。どう考えてもキャラと現場の組み合わせ間違ってるだろ」

「うん。梶はすごく退屈そうだし、岸下は毎週半べそかいてる。海神は地獄だって」

「だろうなあ。岸下に一五〇回せってのは酷だよ。第一なんでそんな配置になったんだ？」西崎は高堂スタッフの頃のままの口調でそう言ったが、ちらりと新妻のほうに目をやると、自分のその問いかけをすぐさま取り下げた。「ああごめん、もう行くわ。そっちも仕事中だったな。あとで上に顔出すから」

じゃあまた、と去っていく背中に早くも新郎らしさが漂い始めていたのか、そこでようやく、浜野は西崎になんと言うべきだったのかを悟った。それはこれまで新郎新婦に向け、彼らの親族に向け、数え切れないほど何度もかけてきた言葉だった。そしてまた姉たちや幼なじみが浜野に望んだたった一つの言葉でもあったはずで、そのかわりに自分が投げつけた言葉の冷たさを思うと息が止まりそうになった。しかし実際、どちらがより冷酷だろう。疚しさに疼(うず)く胸の中で思う。本音以外にない自分と、客にかけるのと同じ言葉を求める家族や友人たちと。

浜野は一歩だけ進み、西崎、と呼び止めた。観葉植物のそばで振り返ったかつての同僚に、やっと言った。「おめでとう」

西崎は笑った。ちょっと手を上げて応え、妻のもとへ戻った。

レセプションで用を済ませたらまっすぐ三階へ戻るべきところだったが、落ち着かない気持ちに促されて浜野は二階に立ち寄った。三会場共有の配膳室を通って水鞠の間へ入ると、梶が一人で引出物用の手提げ袋をばさばさと広げていた。海神の間の四分の一程度の広さしかない水鞠の間は、天井も低く、窓もなく、ほかのどの会場にもない静けさと穏やかさがそのかわりにあったが、そのどちらも梶には似つかなかった。

「明日の一件目。これで全部だ」浜野を見るなり梶は挨拶もなしにそう言って、足元に並んだ三十ばかりの引出物袋を示した。「これだけだぜ、信じられる？　おれ一人で組めちゃうんだ。海神じゃあり得ないよな。水鞠に来てじき一年経つのに、いまだに慣れないよ」

「今のうちにラクしとけよ。何かあればどうせまた引っぱり出されるんだから」

そう言いながら浜野はバーカウンターの上に置かれた席次表を確認し、一人で事足りると言われたばかりの作業に加わった。ダンボールを開け、中に詰まったカタログを取り出し、梶が広げた引出物袋に入れていく。梶はそのカタログの上に、カトラリーセットの包みを重ねていく。前触れもなくやって来たこの特に必要のない助っ人を梶は不思議がらなかったし、浜野としても自然だった、金曜といえば長年こんな具合だったのだ。わっと一気に袋を広げ、それから品物を詰めていく、大きいものから順番に、一人がもう一人を追うように。そしてその一人は常に梶だったので、こうしているうちになんだか懐かしいような、今年の正月も結局怠けたのとはまた別の帰郷の安らぎが生まれてくるようだった。

「さっきさ、下で誰に会ったと思う」西崎に乱されたぶんも落ち着き、いつもの感じが戻ってきたところで浜野は切り出した。

梶はせっせと包みを入れながら、「倉地？」

「おい、その名前、おれの前では禁句って空気だったろうよ」

「そうだった？」梶は笑った。「で、誰」

「西崎。彼女と会場見学に来てた。あいつ高堂で挙式する気らしいよ」

「まじかよ」梶は作業の手を止め、屈めていた体をまっすぐに起こした。「なんでまた」

「やっぱ思い入れあるんじゃない。大事な場所なんだって言ってたし」

そう答えながら、浜野は少しばかり驚いていた。高堂で挙式をするという西崎の選択にはどこか梶らしさもあるような気がして、だから梶はきっと喜ぶだろう、西崎の決心をすっかり肯定するだろう、そんなふうに見越していたのだった。しかし実際の梶は苦笑いの入り込む余地すらないほどに顔をしかめ、両手に一つずつ持った包みを今にも握り潰しそうな様子でいるのだった。

「あいつはさっさと辞めたからな」ぽつりと呟くと、梶は作業を再開した。「高堂のクソな部分を知らないんだ。それかもう忘れたんだ。いいところだけ覚えてて、そんなことしかなかったかのような気になってってんだ」

きれい事でまとめられちゃたまんねえよな、現場には今でも人間がいるのに、と続く声がどんどん険しくなっていくのを聞きながら浜野は新しいダンボールを開け、汐見と一緒に水鞠の間に移るよう言い渡されたときの梶を思い出した。やはりこんな顔に、こんな声だった。どういうことですかそれ、とのっけから新田に嚙み付いていた。汐見のために裏方には頼れる人を置きたいのだ、海神で長く一緒だった梶が裏を守ってくれればキャプテンとしては新人である汐見も安心できるのだというのが新田の答えで、案の定キャプテン候補を拒んだ岸下とトレードという運びになったのだったが、それはあくまで表向きの話だった。「きみには先に言っておくけど、梶くんには水鞠に行ってもらう、それが彼のためだろうから」と浜野は新田から打ち明けられていた。「このまま同じ会場にいたら、梶くんはそのうち同期の浜野くんに指示を仰ぐことになる。浜野くんに許可を取ったり、報告したりしなくちゃならなくなる、彼のあの性格ではそういうことに耐えられないだろう。きみとしても楽なはずだよ」

その見通しはおそらく正しかった。しかし梶には、会場が変わっただけでもじゅうぶん耐えがたい処遇のようだった。海神から水鞠への異動を梶は閑職への左遷としかとらえられず、高堂会館最大の会場を守っているのだというそれまでの誇りは完全に行き場をなくしてしまった。浜野と岸下に持ちかけられた話が自分にだけは来なかったこと、十八の頃から続けてきた時給競争——忘れたようでどちらも忘れていなかった——にそれで決着がついてしまったことにも、気安く話題にはしなかったが、確実にこだわっていた。しかもそうした変化が起きたすぐあとに祖母を亡くしたので、浜野がつい心構えをしたのは、梶が高堂を辞めると言い出すことだった。何もかもがいやになってしまってもおかしくなかった。

しかし梶は高堂に残った。新田やカサギスタッフへの不満は隠そうともしなかったものの、勤務態度はいっそう真面目になった。それはほかに行くあてもないからとか、時給もせっかくある程度までいったのだからとかいうことではなかった、祖母との約束だったのだ。梶の祖母は孫が勤勉な労働者であることを誇り、高堂伊太郎のもとで守られていることを最期まで頼もしく思っていたのだと、ある晩の松葉屋で浜野は聞いた。

だから梶が高堂を「クソ」だと言ったとき、浜野は胸をどんと押されたような衝撃をおぼえた。新しく開けたダンボールから焼き菓子の包みを取り出す手がかすかに震え、それを白々しく眺めながら、おれのあの参拝はこれで本当に無駄になったんだなと思った。

「おまえがむかついてるのは高堂じゃなくてカサギなんだと思ってた」浜野は顔を上げずに言った。「相談なく色々決められて、それで怒ってるんだと思ってたよ」

「カサギには怒ってるよ、でも直接おれに関わるところなんて問題の一部分でしかないだろ。カサギの本当の問題はどんなにナメられても高堂にへこへこし続ける軟弱な態度だし、おれが本当に頭に来てるのもそこなんだ」そう言って、梶は空になったダンボールを乱暴に放った。

「みんなもたいがい流されすぎだよ。意思もなければ意地もない、管理されて安心してる家畜みたいだ。今じゃもう誰も棚橋さんの話なんかしなくなったけど、高堂と事務所があの人にどんな仕打ちをしたかおれは一生忘れてやる気はないよ。三十年以上もここでやってきた人だぞ。財産として大事にするべきだろう本当なら、それをあっさり捨てやがって。それも何かやらかしたからじゃない、ただ五十過ぎてるってだけだ。歳取らない奴がどこにいる？　ここの宮司ってのは晩飯に人魚の肉でも食ってんのか？　そもそも高堂に尽くしてきた年月だろう、高堂のためならって三十年間ことごとく土日祝を潰して働いて働いて、そうやって棚橋さんは五十いくつになったわけだろう。そんな人をどうして捨てられるんだ。どうして事務所はちゃんと守ってやらなかったんだ。言ってやりゃよかったんだ、棚橋はうちの宝だって。その宝を捨てるってんなら上等だ、一切合切手ぇ引いてやるって」

声が震え始めたことに慌てて、梶はそこで言葉を切った。咳払いをし、ダンボールをかかとで潰し、散らばったゴミをかき集める。ＢＧＭのジャズが不意に大きく、鮮明になったように感じた。

「事務所は大勢人を抱えてるんだ、そう簡単に啖呵切れないだろ」最後の焼き菓子を入れ終えた浜野は、観念して顔を上げた。「それに、棚橋さんはわかってた可能性もあるよ。三十年以上ここにいたってのは、あの宮司のやり方を就任当時から見てきたってことだから。自分がどうなるかもだいたいわかってたんじゃないかな。おれはそんな気がするけど」

「それがなんだよ。棚橋さんが納得してりゃいいって話か？」さっきより落ち着いた、そのぶん鋭く冴えた声で梶は言った。「棚橋さんに起きたことはおれたちみんなに起きることだ。おれにも、おまえにもだ、他人事みたいな態度はやめろ。特におまえは棚橋さんが更迭されたおかげで昇格したんだから、それをラッキーだと思ってないと証明したけりゃもっと真面目に怒るべきだろ」

「そんな証明どうだっていいし、こんなの昇格って言わない、とばっちりって言うんだ」

「それでもやることはやらされるんだ。だろ？　そのときちゃんと信じられるものがほしいって思わないか？　プライドを持たせてくれよ、高堂で働くことに自信持たせてくれよって思わないか、恥ずかしさや情けなさじゃなく？」

梶はもはや仕事をするふりもしなかった。ダンボールは雑に寝かせたまま、ゴミの入ったビニール袋は足元にくたりとさせたまま、ずらりと並んだ引出物越しに浜野を見据えていた。

「おれは毎日そう思ってるよ。ばあちゃんが死んでからずっと。浮かばれねえだろう、だってこんなんじゃ、信じて逝ったってのにさ。神職ってのは神と人とのなかとりもちなんだ。その神職が人を蔑ろにして、神の名を貶めてる、おれたちがいる高堂ってのは今そんな状況なんだ。危機なんだよ。でもみんなが騒ぐことっていや金のこと、保身のこと、まったく目先の話ばかりだ。足元から崩れかけてるってのに、その上でどしどし跳びはねてるようなもんだ」

梶はそこでふと我に返ったように手を伸ばし、バーカウンターの上の席次表を自分のほうへ引き寄せた。それをじっと確認してから、完成した引出物を拾い上げて客席のほうへ向かう。浜野はその仕事には加わらなかった。親族席からほど近い壁際に置かれた、実用のためというよりは装飾のためのソファに腰を下ろし、禁句の壁を突き破ってさっき一瞬飛び出した名を今度は自分で口にした。「でもおまえの好きな倉地が、そんなことはあり得ないって言ってなかったか。宮司が神社の名誉を貶めるようなことをするわけないんだって」

「ああ、だから倉地も傷付いてるよ」梶は主賓卓の椅子に引出物を置き、浜野からもっとも遠いその場所から大きな声で返した。「どうも最近、宮司も含め高堂の上層部と話す機会が多いみたいで——もちろん出張奉仕の件でだけど——そのたびに悲しくなるって言ってる。今でも絆を信じてるのは椚だけのような気がするって」再びバーカウンターへと戻りながら、梶は顔をこちらに向け、「岬角作戦って、おまえ知ってるか」と言った。

「椚萬蔵と高堂伊太郎の連携で成功させた作戦だよ。敵陣の岬にそびえ立つ守りの堅い城塞をまず椚軍が陥落させて、その岬から送られてきた敵艦隊の座標をもとに今度は高堂軍が、海から山越しに大砲を撃ち込んでこっちもまた見事に全艦撃沈したんだ。とんでもないだろ？　でも奇跡じゃないんだ。国のため天皇のためという思いで繋がった絆と、その絆を信じる心の力なんだよ。おれたちの国ってのはそういうもので守られてきたんだ」

浜野はちらりと出入り口に目をやった。人の気配があったのではなく、あってほしいと願ったあまりのことだった。誰でもいいからプランナーが顔を出し、お客様ご案内しますと声をかけてほしかった、そうすれば浜野はぱっと立ち上がれるし、梶も話を切り上げられる。いらっしゃいませの声も、笑顔も、お辞儀もぴったり揃うだろう。

「でも高堂はそれを忘れてる。だからおれは、正直なところ、この会場は椚さんにもらってもらうのがいいと思ってるんだ」梶はバーカウンターと客席とを一人で往復しながら続けた。

「椚は高堂にたかられてるんだっておまえ、倉地に言ったらしいな。たぶんそれはそうなんだろうとおれも思うよ。否定しない、というかできない、情けない話だけど。でもおれがもう一つ確かだと思うのは、優位に立ってるのはだからこそ椚だってことだ。だって心を持ってるんだから。いつからか知らないけど高堂がなくしてしまったもの、御祭神のもとになくてはならないものを椚さんはしっかり持ち続けてる。高堂が本当の意味で生き残るにはもうそれを分けてもらうしかないよ。椚さんに水鞠をもらってもらって、心を分けてもらうんだ、松明で火を移すみたいに。絆のためなら喜んで自分を犠牲にする椚さんたちの働きを見れば、宮司もきっと目を覚ますよ。高堂にも心が戻るはずだ」

浜野は細長く息を吸い、吐いた。自分が喋っていたかのような息苦しさと疲労感があった。

「もしそうなったら、おまえは失業かもな」

するとと梶は振り返り、「そうだな」と意外にもほほ笑んだ。上座から下座へと順に引出物を置いていたので、最後の一つを置いたそのとき、梶はすぐそばにいた。だからそのほほ笑みに、冗談や皮肉の少しも含まれていないのもよく見て取れた。祖母と自分の信じたものが救われるのならあとはどうでも構わないと本当に思っているようで、浜野は一瞬、本当に瞬間的なことだったが、感銘を受けた。それから鉄の網に覆われたような重みが、腹にじわりと広がった。

お客様ご案内しまあす、とそこで待望の声かけがあり、浜野は素早く立ち上がったがスタッフの顔は作らなかった。扉の隙間から突き出ていたのは宮嶋のにやにや笑いだったので、誰を連れてきたかは明らかだった。

梶もおそらく察していただろう。しかし大きく開かれた扉から入ってきた西崎を見たとき、自分でも予期していなかったであろうほどの喜びがその顔に広がった。古い仲間との再会がどれほど単純に自分を高揚させるか、そのとき初めて知ったに違いなかった。非難していたことも忘れ、おおおお、と梶は階下での浜野とまったく同じに叫んでから笑いだした。西崎も満面の笑みで、かじー、とただそれだけ言った。どちらからともなく歩み寄り、大笑いで抱き合った。

肩幅、袖丈、着丈と新田にいそいそ採寸されてできあがったタキシードはなんと裏地に名前が刺繍されているという気合いの入りぶりで、だからというわけではなかったが、それを着た最初の週は後輩たちからくすくすくすくす笑われっぱなしだった。その上汐見には館内ですれ違うたびに蝶タイの位置を直され、入江には腕や背中の汚れをバシバシ払われてはあちこちに寄りかかるなと叱られ、同期の梶と岸下からは——それぞれ意味やニュアンスは違っていたものの——白い目で見られた。

しかし何より浜野を戸惑わせたのは、たちどころにこの制服に馴染んでいく自分自身だった。あとから考えれば、予感めいた感覚はあったかもしれないとも思う。「おれの新郎」という例の忠臣役を自分の内に発見して以来、浜野はいつも完璧に披露宴の一部と化していたし、キャプテンとして初めて婚礼を担当したときすでに——新田はそれを嬉々として「初陣」と呼んだ——ほんの少しの不安もなかったのだ。うまくやれるという確信があった、それもたやすく。それは婚礼内容を徹底的に頭に叩き込んでいたからでも、ブライダルフェアの模擬披露宴などで一応ではあれ実践を重ねてきたからでもなかった。新郎新婦の支度ができたと連絡を受け、出迎えのためエレベーターホールへと向かう、その足取りにこの上ない確かさを感じたからだった。迎えるというよりむしろ迎えられているようだった、歓迎され、祝福されているようだった。窓から差し込む光からも胸の奥からも正しさが溢れ、疑いなど存在すらしない世界が浜野のすべてを肯定していた。そしてエレベーターの正面に立ち、洗いたてのカーテンのように開いた扉から現れた一対の、人型の幸福と向き合ったとき、ああこれはと浜野は気付いた。脚本を書いているときと同じだ。それで言葉はおのずから、今この瞬間に向けられた。「おめでとうございます！」

その日以来、何組もの新郎新婦を同様に出迎え続けた。出迎えたあとは二人を入場口の前まで誘（いざな）い、「本日は誠におめでとうございます。わたくしお二人のご披露宴を担当させていただきます、浜野と申します」とあらためての祝辞と自己紹介とを述べる。それから「お式は無事終わりましたから」と安心させてやり、「ここからはめいっぱい楽しんでください」と宴会の本質を思い出させてやり、「まずご入場ですが」と具体的な説明に入る。「音楽が始まりましたら六秒後に扉がこちら側に開きます、わたくしは中で待機しておりまして――」

そして会場内では、百名超えの拍手と歓声と音楽による凄（すさ）まじい音圧を突き破るべくほとんど怒鳴りつけるようにして指示を出す。「どうぞこちらまでお進みください、ゆっくりです！ご新郎様！　ご新郎様！　ゆっくりです！」いい笑顔とベストポジションを確保しようと必死のカメラマンを見て思わず、この人とおれとでは今どちらがより品のない存在だろうと一瞬考え、再び怒鳴り声をあげる。「はいでは皆様のほうを向いて一度、ご一礼です！」

手本のように彼らの隣で一礼しながら感じるのは、この場にいるべき存在としての自分だった。浜野の言葉はここではト書きそのもので、新郎新婦を生かし動かすことのできる唯一の力だった。浜野は常に確信をもって彼らに進むべき道を示した。どのような姿勢が美しいかを指示し、スピーチのために主賓が立ち上がったらすかさず二人のことも——恐れながら——起立させ、各卓ラウンドではまずこのテーブル、次はこちらと、それ以外の順番は決して許されないかのように案内した。ウエディングケーキの前に立たせたらしっかりと入刀用ナイフを握らせ、結婚式に刃物はタブーだがこれだけはなぜか例外なのだという業界の不安要素はおくびにも出さなかった。手の振り一つでスポットライトを当てさせ、シャンパンの栓を抜かせ、花束を持ってこさせ、余興で何度『シーズンズ・オブ・ラブ』を聴かされても笑顔を保った。ほかの会場のことはわからなかったが、海神の間ではなぜか頻繁に『シーズンズ・オブ・ラブ』が歌われた上、一日二件の披露宴を入江と二人で分担するとどういうわけか『シーズンズ・オブ・ラブ』を歌う回が必ず浜野の受け持ちになったのだ。しかしもういい加減にしてくれ、『シーズンズ・オブ・ラブ』がおれになんの怨(うら)みがあるんだと進行表を罵るのは前日までだった。本番で聴く『シーズンズ・オブ・ラブ』は何百回目だろうと美しく、あるときなどは、司会者の隣で無意識に口ずさんでいたのを歌い手たちに見つかり、飛び込みのメンバーとして引き入れられさえした。会場はおおいに沸(わ)いたが、もちろん浜野の登場によってではなかった、スタッフをぐいぐいと連れてきてしまった新郎友人の強引さが受けたのだ。浜野はそうした構図と心底楽しそうな新郎——おれの——の笑顔とを引き合わせ、なし得る限り最高の働きをすべく努めた。自分を引き込んだ友人男性と肩を組んで歌い、この歌をこの式場スタッフがそらで歌えるのは愉快な偶然としか思ってなさそうな女性たちと完璧にハモった。浜野は自分がまさに披露宴と一体化しているのを感じ、キャプテンになってからの一年を『シーズンズ・オブ・ラブ』という単位で測るのはどうだろうと考えた。『シーズンズ・オブ・ラブ』にまみれた度合いと回数で測れば、おれのこの一年がどれほど豊かだったかわかるだろう。

そうして表舞台に浸りながら、同時進行の裏舞台ももちろん常に意識していた。これまでの経験がおおいに役立ち、キャッキャと逃げ回るフラワーガールとリングボーイを追いかけながらでも浜野は裏が今どんな状況か見当がついた――ぞろぞろと料理を運び出すランナーたちの足音からそのうちの一人がうっかり落とした皿の音、激怒したシェフの怒鳴り声まで聞こえてくるようだった。ただこれまでと違うのは、何もかもすべて新郎新婦のためと考えていることで、色直しのために彼らが中座するが早いか配膳室に戻ってデシャップの岸下を煽(あお)るのも、必要があれば自ら調理場まで出向いて会場の状況を伝えるのも、ただただ披露宴を成功させたいという一心からだった。そうして無事デザートまで出し終え、新郎新婦が誕生時の自分たちと同じ重さのテディベアを両親に渡し終え、送賓後の挨拶まで終えると――「いやあ、本当に素晴らしいご披露宴でしたね……」――任務完了、そしてまたすぐに新しい時代が幕を開ける。会場は破壊され、ウェルカムボードは差し替えられ、新たな王への憧れが募る。どんでん、どんでん！

最上階だということ、南側が全面ガラス張りだということは、海神の間のセールスポイントであると同時に浜野にとっても美点だった。いつでもすぐ空を見ることができるのはありがたいものだ。その日は二件目の披露宴を終えたあとにテラスに出て、ゲストが振りまいていった紙吹雪を拾い集めるついでに風に当たっていた。さっき学生スタッフが掃き掃除をしていたが、植え込みの中にまだいくつも残っているのが気になった。その日の婚礼は、その日のうちに消えてほしい。

そんなふうに小さな紙片に執着したあとで見上げると、あらためて空の広さというものを感じた。見つめると確実に気が遠くなる、広いという言葉では足りない広さ。その広さのぶんだけしみ渡った夕焼けの色を、高校の教室の窓越しにも、こうして眺めたことがあった。そのときは進路のことではなく、空そのもののことを考えていた。空というものがこの星全体を覆っているという事実、海も国境も森林も砂漠も紛争も貧困も芸術も、すべてこの空がひとまとめに包括しているのだという事実に思い至って鳥肌を立て、これはまずい、とすぐにその考えを頭から追いやったのだった。何がまずいのかはわからなかったが、この部分を突きつめていくと死ぬ、そんな直感だけがあった。

背後で窓の開く音がし、振り返ると、岸下がブラシ型の箒を持って出てきた。学生スタッフのやり残しに気付いたのか別のところを掃除していてなんとなく流れてきたのかはわからなかったが、サッサッとおおかたきれいな床を掃きながら近付いてきて、やがて浜野の足までゴミ扱いして掃こうとする。脇へよけても追ってきて、ガツンガツンと今度はあからさまに箒の先をぶつけてくる。浜野はちらりと中に目をやり、見学客の来る気配がないのを確かめてからぎゅっと箒を踏みつけた。箒は驚いたように逃げ出したがまたすぐに襲いかかってきた。浜野はそれも踏みつけてやり、両足でとらえて全体重で固定した。岸下はしばらく必死に押したり引いたりしたが、やがて観念すると柄を放り、見事なほど負け惜しみの口調で言った。「シーズンズ・オブ・ハマノ！」

「なんだそれ」浜野はだいぶ前から浮かべていたにやけ顔で聞き返した。

「入江さんが考えたあだ名」薄い唇をさらに薄くして岸下も笑った。「今度からそう呼んでやるって言ってたよ、さっき」

「いじめる以外の愛情表現知らないのかね、あの人」

「最近ほんとに楽しそうだよね」

「分担制になってからストレスが減ったらしいよ。肩こりもラクになったって」

「じゃなくて、浜野が」岸下はそう言いながら腰を屈め、解放された箒を拾い上げた。「もうすっかりキャプテンだし、すっかり高堂の人って感じ。候補止まりかと思ってたのに。ピンチヒッターとして仕事だけは覚えても、完全にキャプテンになることはないって思ってたのに」

浜野は少し考えるふりをしてから、「それはあれだよ、毒食わば皿まで」

「そう？　天職なんじゃない」

その言葉を受けた胸が、鈍く痛んだ。高堂に骨を埋める覚悟をしたと西崎にいつか言われたときにも似た感じを受けたが、岸下の場合は称賛ではなく皮肉だった。

陶芸家の岸下がこちらを劇作家と見なしたがっていることは知っていた。同じ芸術家として、表現の分野に生きる人間として接したいのだ。更衣室や松葉屋くらいでしか落ち着いて話す機会がなかった頃は、実際、純粋なものづくり仲間といった間柄だった。好きな映画の話、本の話、音楽の話、最近取りかかっている作品の話。そういうことをぼそぼそと打ち明け合う仲で、ほかの同僚たちとは軸の違う仲間意識が確かにあった。

時給の上限を引き上げるために黒服を着て心身ともに仕事に支配されることは、岸下には魂を売ることを意味していた。料理の出が遅いと指をくるくる回して巻きで行けと合図してきたり、あれこれ細かくケチをつけてくる浜野は、まさに芸術を捨てた者らしく見えただろう。かつてのような深い会話を持てなくなったのもそのせいだと感じただろうが、しかし浜野からすれば岸下も、芸術活動を本業にしたほかのスタッフも、誰一人自分と同種の人間ではなかった。浜野にとっての創作は誇りをかけた戦いなどではなかった。社会と繋がるための文化活動でも、共感や批評や相対的価値を必要とするものでもなかった、もっとずっと個人的なことなのだ。自分のためだけのものなのだ。

「どうだろう、でも別に最近の話じゃないよ。この仕事を楽しんでるのは最初からだ。十八の頃から変わらない」

本心からそう言ったが、岸下は取り合わず、「知り合いにね、新しく劇団を立ち上げようって人たちがいるんだけど」と本題らしき話を始めた。「誰にも見せずに一人で黙々と台本を書き続けてる変態を知ってるって言ったら興味持ったよ。会ってみる気ない？」

浜野は笑った。「ないねえ」

「でも今も書いてるんでしょ？」

「うん。毎日書いてる。次から次へと新作が生まれてる」

「真面目な話、それで生きていこうってほんとに、全然思わないの？」

「それで生きてるつもりなんだけど」浜野はそう返してから、「あ、金の話？」

「才能を地球に還元しろって話！」あきれ笑いを浮かべてはいたが、口ぶりは本気だった。

「自分の力で手に入れたものばかりじゃないんだから、こういうのは。見えないところで巡り巡ってるもんなの。だから抱え込んでばっかりいないでバンバンぶちまけていかないと、そうしないと……」

「地球が爆発する？」

「そういうこと」

「おおー」

「おおーじゃないよ」

「最近、地元が舞台の話を書き始めたんだよね」溜め込んだ作品が地球爆発の燃料になると聞いたら妙に楽しい気持ちになり、浜野は制服を着たままだということも忘れて話し始めた。

「地元にはもうかれこれ四年以上帰ってないんだけど、だからだと思う、わりと客観的に見られるっていうか。過去の場所になったんだろうな。でも話の舞台は過去じゃない、未来だ、だいたい六十年後くらい。松本には活気がなくてぽつぽつ高齢者が住んでるだけ、主人公も後期高齢者、というか八十七歳、一人暮らし。家族もいない、友だちもいない、ペットもいない、ちょっと挨拶を交わすだけの隣人もいない。でもそれは別にネガティブな側面じゃないの。というのは、主人公たちの世代が死に物狂いで開発した高齢者向けオートメーションシステムが生活も医療もサポートしてくれるんで、みんな快適かつ健康に暮らせてるから。つまり社会というものから人付き合いって項目が外れただけってことなんだ。そのシステムの一番素晴らしいところは——超高齢化社会ならそれしかないけど——家のベッドに安楽死機能がついてるところ。自分の好きなタイミングで死ねる、もちろん苦しむことなく。遺体処理も自動で済む。ユートピアでしょ。だから主人公の悩みといえばそのときをいつにしようかってことくらいなんだけど、まあ別にいつでもいいか、いつでもいいなら今夜にしようかと考えながら廃墟(はいきょ)のようになった松本城のまわりをてくてく散歩していると、突然、城から意思の力を感じるんだ。城の中の人間からじゃない。そんな人間はもういない。城そのものに意思がある。なぜそれがわかるのか、その意思がどういうものかはわからないけどただ意思があることだけははっきり感じる。それが気がかりで、いわば未練のようになって、主人公は安楽死機能を使う機会を失って……」

浜野さあーん、入江さんが終礼してってえー、とそこで、常勤として最近入った里井から声がかかった。六十年後の松本にいた浜野はびっくりして目を見開いたが、あ、今行く、とすぐに現代に戻った。「タイトルは『城』」とそれから岸下に付け加える。「オチを先に言っちゃうけど、主人公は城を愛して城の介護に明け暮れるの。で、最後は死に別れ。城が先に死ぬんだけど。というか、主人公が城を殺すんだけど」

岸下は頷き、なだめるように浜野の腕を叩くと、「きみは作家なの」と言って中へ戻った。そのあとを追いながら少し待ったが、『城』については何もなかった。

東京にも城はあるのだろうかと『城』を書き始めた頃にふと考え、調べてみたら実にすんなり皇居に行き着いたのは虚を衝かれた思いがした。しかしためしに見物に行って感じたのは城らしさより神社らしさで、静けさも、風の軽さも、外堀より深く感じられる豊かな緑も、すべて最奥に神がいることを示しているようだった。それは天皇という存在を、初めて直に感じた瞬間でもあった——明治天皇と高堂伊太郎という既存の物語を利用することなく、空間を通し、風景を通して、初めて今の自分のままで。

記憶の中の倉地が言うには、天皇とは現人神なのだそうだ。人の姿をとった神。なるほど賢い考え方だ、そう考えれば楽になれそうだと、二重橋を眺めながら浜野は思った。天皇もまた生きているのだと考えることはそれくらい苦しいことだった。血の通った体に百の感情を持つ心、つまりただの人間が、今この瞬間も神と間違われ幽閉されているのなら救ってやりたいとも思った。解体用のクレーン車で攻め込んで、鉄球をぶん回し、皇居も外苑も江戸城跡地もすべて更地にしてやりたかった。

岸下に『城』の話をしたおよそひと月後、悪いが今年の新嘗祭(にいなめさい)はよろしく頼む、と新田に言われ、皇居でそんなふうに考えたことがふと甦った。今年というのは二〇一四年のことで、よろしく頼むというのは直会(なおらい)で神社関係者を歓待せよということ、そして悪いがというのは、そういうことはやりたくないという浜野の要望を今回ばかりは聞けないということだった。

もうすっかり高堂の人だと岸下は言ったが、浜野なりに線引きは図っていた。神社職員と会館社員が一堂に会する総会には出席しない、キャプテン総出でホールを守るあのぴりぴりした雰囲気の直会の日は欠勤する。この二つを条件として新田に飲ませ、それと引き替えに候補から正式のキャプテンになったのだ。自分が関わるのは披露宴だけだということはとにかくはっきりさせておかねばならない、経営陣に近寄ってはいけないという直感に従ったまでだったが、「約束を破るかたちになって申し訳ないけどこれ以上は無理だよ。宮司がきみに会いたがってるんだ」とその年、新田からそう言われたのだった。「アンケートを見たんだそうだよ。新郎新婦が書くやつだ。そこに海神の浜野さんがよかった、浜野さんに担当してもらえてラッキーだったといろんな人がそう書いてる。光栄なことだろ。宮司が興味を持つのも当然なんだ。これまでどおり総会には出なくていいから——あれはまあ形式的なものだし、本業の脚本書きが忙しいんだと言っておくから――頼むよ、今度の直会だけは」
皇居という空間を通して天皇を感じたときのことを、そのとき思い出したのだ。神職とは神と人とのなかとりもちなのだと確か梶が言っていたが、神性をまとった人間ということでは、天皇と宮司は少し似ているのかもしれない。向こうが自分を認識していると知った瞬間、境内という空間を通じて浜野はまざまざと宮司の存在を感じ始めた。寒気がして、胃が重くなった、もうほとんど交流しているといってよかった。

当日はロビーに立って出迎えた。ほかのスタッフと会場を整えていたところを、こういうのは最初が肝心だからと新田に連れ出されたのだ。その他大勢の出席者のあとで物々しく登場するのだろうと長丁場（ながちょうば）を覚悟したら、意外にも、宮司は真っ先に現れた。神前に供えたものと思われる野菜や酒を持った三人の神職も一緒だったが、装束の色が一人だけ違うのと年かさなのとですぐにわかった。

単なる偶然にすぎなかったが、その姿は何度か画像検索したことのある高堂伊太郎を彷彿とさせた。大柄で、目元が明るく、生命力が体全体から溢れ出している。階段へと向かっていく三人の神職たちに歩きながら何やら指示を出すその声も、だんだんとこちらに近付いてくる足取りもはずむようで、後頭部から飛び出した冠のしっぽも楽しげに揺れている。笏（しゃく）まで手にしたそのいでたちはまるで雛壇（ひなだん）から抜け出してきた男雛（おびな）のようだったが、それほどの古風さが、現代的な光に満ちたロビーになぜかしっくり馴染んでいるのだった。

「やあ、どうも！」レセプションスタッフたちのばかにかしこまったお辞儀を無視してずんずん歩きながら、宮司は新田の会釈に大声で応えた。どちらも今年で六十一だと聞いていた。「いやあ、いい天気で何より。おかげさまで滞りなく済みました。どうですか会場のほうは。ばっちり？　ぼくちょっとパッと着替えてきちゃいたいんだけどね、その前に総代さんたちと軍の親睦会の人たちだけね、ここでご挨拶したいから。あとあなたにもちょっと紹介しておきたい人が……、やあ、きみだな！」

口を挟むタイミングを見計らってにこにこしている新田を差し置き、宮司は躊躇なく浜野を抱きしめた。力強さもさることながら黒い装束がまるで飲み込むように自分の体を覆ったので、浜野は思わず身を硬くした。

「なんだ、おとなしそうな男だなあ。うん、雰囲気はあるがなあ」体を離すと、宮司はしげしげと浜野を観察した。「ぼくはてっきり芸人のようなね、そういう感じかなと思ってたけど。だってあのアンケート読んでるとさ、歌に参加したり、コントに参加したり、子どもを手懐けて盛り上げたりさ、そんな話がざくざく出てくるじゃない。営業事務所でもう大笑いよ。こんな参加型のキャプテンはこれまでいなかったなあ、新しいなあっていうことでね、カサギさんのところの新進気鋭の若手だっていうから、お会いできるの、今日は楽しみにしてました」

最後だけあらたまった口ぶりになった宮司に、浜野は軽く頭を下げた。初めましてというのが適当かわからず、「浜野です」とただ名乗る。きちんと目を合わせたかったが、過去に境内で火遊びをした、少なくとも脳内では完全に拝殿を燃やしたという自覚のせいでどうしても怯んだ。目を伏せた自分を宮司がじっと見つめていることは、それでもはっきり感じられた。あのとき見た人影は、本当にこの人のものだったような気がした。

「きみは脚本を書いたりもするんだって。やっぱりアーティストなんだな。こういうタイプはね、これまでどうだったかなんて気にしないよ」宮司は話し相手を新田に移した。「前例のあるなしなんて気にしないんだよ。おもしろいと思ったらやっちゃうの。こういう人が時代を切り拓いていくんだなあ」そこで宮司は浜野の腕を、抱きしめたときと同じ力加減で叩いた。

「浜野くん、これからも存分にやってくださいね。のびのびと、きみらしくね。きみには直接関係のないことかもわからないけど、神社っていうのはやはり存続が第一でね。歴史を踏まえた上での存続、これが第一ということでね、非常にしがらみが多い。だけども存続のためには時代に応じた変化と革新もまた不可欠なわけで、変わらないために変わっていくという難しい舵取りが求められるわけなんだが、その点うちには会館がついていてくれるから本当に心強いんだ。だってここにはきみのような人がいて、神社のかわりに冒険に乗り出してくれるんだから。このあいだの地震では神社の意義についても色々考えさせられたけど、それは慰霊ということだけじゃなくてね、人と人との結びつき、神社と地域の結びつき、そういうことの重要性を再確認したんだけどね。昔から続く氏神(うじがみ)と氏子(うじこ)の繋がりというのはやはり、かけがえのないものだと心から思った。それでもやはり時代は常に新しいんだな。何が起きても新しい、そして常に若い人たちのものだ。ぼくは本当にそう思うよ」

気付くと浜野は目を上げて、宮司の瞳の爛々たる輝きを正面から受け止めていた。そんなふうに感じる自分に戸惑ったが、ありがたい、とはっきり思った。この人ならもし実際に神社に火を放っても肯定してくれる気がした。いいぞ、浜野くん、と燃えさかる炎の上をヘリで飛び回りながら、拡声器とこの千年前の男雛装束で応援してくれる気がした——さして怨みも思想もないのに神社を焼いたのはきみが初だ、実に新しい！

昔ながらのウエイター臭をぷんぷん漂わせていた棚橋の解任がいかに必然だったか、こうして宮司に会ってみて浜野はやっと理解した。解任理由の老いとはおそらく、年齢の話ではなかったのだ。しみやたるみや皺だらけの肌、白髪染めのせいで不自然に黒々とした髪のせいではなかったのだ。それらすべてを備えながら、宮司はまるで生まれたてのようにきらめいている。

この人はもしや高堂伊太郎という神の重みに耐えきれずに一周回ってこうなったのではと考えたとき、入り口の自動ドアが開き、会館の社長が入ってくるのが見えた。若い女性を伴いこちらへ向かってくる。浜野はグレーのチェスターコートを着たその女に射るような視線を向けられ、二、三秒、目を合わせたまま怪しんだ末に倉地だと気付いた。腰の近くまで伸びた髪のほかにはどこともはっきり言えなかったが、ずいぶん変わった感じがした。

「お、倉地さん」彼女に気付くと、宮司は嬉しそうに笑った。「そうそう、この人を紹介したかったんだよ新田さん。こちら倉地さん。椚会館の職員の方です。出張奉仕部門の担当で、いつもお世話になってるのでお招きしたんだ。大祭だからね、椚さんも今日は大忙しなの知ってるんだけど、どうしてもって言って来てもらった。とても優秀な人だよ。椚会館の浜野くんってとこだな。倉地さん、こちらは新田さん。カサギさんの就労担当で、いつも非常にいい人材を揃えてくださるんだ」

新田は一瞬顔を強張らせたが、すぐに丁重に挨拶をし、名刺を取り出して倉地に差し出した。倉地もまったく同じようにした。何か社交辞令が交わされるのを待つような雰囲気がそのあとに続いたが、ただ数秒の沈黙が生まれただけだった。

「やあ、これで落ち着いた。ここをちゃんと繋げておきたかったんだ、カサギさんと椚さんにはますますお互い協力し合ってもらいたいから。これまでぼくはイノベーションっていうのを自分なりのテーマにしてやってきたんだけどね、協力の重要性をこの倉地さんに熱弁されてすっかり心を動かされたので、今後はそこに、ミックスとかシャッフルとかっていう要素を加えようと思うんだ」二社間の緊張にどの程度気付いているのか、宮司はそれまでどおりの上機嫌でそんなことを言った。「ただそれを表すいい言葉が見つからなくてねえ。壁に掛けておきたいんだけども。イノベーションにミックスとシャッフルを加えたような言葉、何かないかなあ。どうだい、なあ、アーティスト」

そう言ってポンと肩を叩かれ、浜野は心底ぎょっとした。「ええっと……」と冷や汗をかきながら、頭をフル回転させる。「ごちゃまぜ革命?」

「ごちゃまぜ革命！」宮司はロビーに響き渡る大声で叫び、笏と左手をパチンと打ち合わせた。「切れ者だなあきみは！　ごちゃまぜ革命！　それだ、ごちゃまぜ革命！」

その言葉を最後に、宮司はさっといなくなった。直会の主賓たちがやって来たのを見た途端、関心の向きが切り替わったようだった。残された者たちはひとときの、奇妙な放心を共有したあとで静かに解散した。新田と社長は何やらぼそぼそ喋りながら壁際へ退いていき、倉地は、入ってきたときと同じくらい無遠慮に浜野を見つめてからロビーの奥へと歩き出した。レセプションカウンターの前では、宮司が笏を振り回しながら客たちを陽気に出迎えていた。

会場へ戻るべきだと考えながら振り返ると、ロビーの突き当たり、高堂伊太郎ゆかりの品々が陳列されている小さな展示室に、ぽつんと倉地の姿が見えた。彼女がここにいる驚きはもうなく、代々木の居酒屋であんなふうに別れて以来今日まで一度も会わなかったことのほうにむしろ驚いていた。どうせ梶が曖昧に仲裁するだろう、そしてまた何事もなかったかのように三人で会うようになるだろうと見越していたが違った。梶は梶だけで会うようになり、浜野は別れたきりになった。それでもう三年以上経つのだ。

挨拶くらいはしておこうと浜野は歩き出した。私的な付き合いに再開のめどが立たないのならなおのこと、今後の公的な繋がりのためにある程度態度を軟化させておいたほうがいい気がした。そもそもなんで揉めたのだったか、もうよく思い出せなかった。

しかしそのかわりに梶の言葉が、展示室へと近付くにつれ一つ、また一つと甦っていったのだった。まるで梶の言葉が自分と倉地のあいだに起きた事件そのものであるかのように、それはぞっとするほどの生々しさでもって頭の中に響いた——国のため天皇のためという思いで繋がった絆……その絆を信じる心の力……おれたちの国はそういうもので守られてきたんだ。椚さんに心を分けてもらうんだ、松明で火を移すみたいに。

倉地は浜野の接近にいち早く気付き、体は展示ケースに向けたまま、しかししっかりとこちらを見据えて待った。目元と口元には緊張が見えたが、自信に満ちた顔だった。浜野は展示室の入り口で立ち止まると、兜(かぶと)に守らせているつもりででもいるかのようなその不敵な顔をこちらからも見返して、歪んでいるのが自分でもわかる笑みを浮かべた。「梶に色々吹き込んでくれてるみたいで……」

倉地は笑った。「梶くんと結婚でもするの？」とそれからすぐそう言った。「なんか今、そういう感じがしたけど。うちの梶に何をしてくれてるんだっていう感じだったけど」

浜野は表情だけ感心してみせた。「ずいぶん出世したみたいだね」

「そちらこそ、ご活躍のようで。蝶ネクタイなんて、相当なんだろうね」倉地はコートのポケットに手を入れ、体ごとこちらを向いた。「でも浜野くんに会えるとは思ってなかったな。大祭を避けてるって聞いてたから。浜野くんはこのところ大祭を——国家神道の命ともいえるお祭りを、ボイコットするようになったって聞いてたから。だから完全にそっち寄りになったんだと思ってた。今日もきっと、デモにでも行ってるんだろうなって」

「デモ？」

「あれよ、今ちょっと流行ってるやつ。秘密保護法の」倉地は鼻で笑った。「浜野くんは行ったほうがいいと思うけどね。あれはみんなの安全より自分のずるさを優先させたい人たちの集まりだから。それに、好きでしょう、個の尊重とか表現の自由とかそういうの」

「デモ？」浜野はもう一度聞き返した。しみじみと意外だった。「おれ、デモに行くように見える？　投票にも行かないのに」

それを聞いた倉地の顔から笑みが消え去り、かわりに嫌悪の色が浮かんだ。本当にこんな顔をされなければならないようなことなのだろうかという訝りと、淡い快感、その両方を感じながら浜野は続けた。「デモの連中に投票権を売ろうかって考えることはあるけどね。あいつら投票投票やかましいだろ、だからついそんなことは考えるけど。倉地さんに売ってもいいよ。おれは別に文明人気取りのデモ隊だろうと、倉地さんみたいな……西暦をパッと皇紀に変換できるようなタイプだろうと構わないんだ。清き一票、一円でも高く買ってくれるほうに売るよ」

倉地はもう浜野を見てはおらず、ガラス製の展示ケースに並べられた高堂伊太郎の手帳、馬具、煙草入れなどを順に眺め、最後に壁の肖像画――なぜかインターネットでは出てこない、ここでしか見られないのかもしれない若かりし日の軍服姿――を見つめた。しばらくそうしてから、そのほぼ真下に置かれた一人掛けのソファに腰を下ろす。そうして再び浜野に向けられた瞳も、右肩から胸へと流した髪も、レースのカーテン越しに入る陽光を優しく受け止めていた。

「カサギさんはまだご存じないことだけど、水鞠の間はいただきます」倉地は出し抜けに言った。「すぐに丸ごとは現実的に無理だから、しばらくはカサギと椚が半々の割合でスタッフを入れるかたちになる。でもすぐに椚だけで回し始める、そしてその次は朝凪の間をもらう。これは決定事項よ」

攻撃的な物言いをしたわりに、言葉を切り、背もたれに体をあずけた倉地は苦しそうだった。自信が正しく機能しないことに苛立っているようだった。

「認めなくちゃいけないことがある——」ため息をつき、倉地は続けた。「わたしは長いあいだ勘違いしてた。あの宮司は、思っていたような人じゃなかった。奔放に見えても心の中心には御祭神がいる、歴史と伝統を重んじている、そういう人じゃなかった。あの人はむしろどんどん御祭神から離れていってる。神道からも、この国からもね。でも浜野くんが言うような、お金だけの人でもない。あの人にはあの人なりの信念があって、そしてそれは、わたしにはとても危険なものに思えるの」

同意を求めるような目に見つめられ、浜野は小さく頷いた。すると倉地は立ち上がり、前できちんと手を組んだ。

「最後に話したあのときはとても伝えられなかったけど、恩を仇で返すような結果になったこと、謝ります。ごめんなさい。浜野くんたちからの助言や情報がなければ今の椚の体制を作り上げることは絶対に無理だった。それがあなたたちを追い詰めることになるなんてあのときは考えもしなかったけど、恨まれても仕方のないことだと思う。お金のことに関する指摘も、もっともだったと思います」

そこで一度、倉地は深呼吸をするように深く、長くまばたきをした。彼女のまぶたの儚(はかな)いような白さとその穏やかな丸みに浜野は見入り、あべこべに、ついまばたきを忘れた。しかし再び開かれたとき、そこには儚さも穏やかさもなかった。瞳がまるで黒い太陽のように滾(たぎ)る、それは肖像画と同じ志士の目だった。

「それでも前に進ませてもらう。水鞠をもらって、朝凪をもらって、可能ならほかの会場も狙っていく。そうなれば浜野くんにも去ってもらうことになる、新田さんはわたしを殺したいと思うでしょうね。それでもやる。遠慮はしないわ、だって高堂伊太郎という偉大な英霊を祀る神社の宮司が、日本人の心を失ってしまったんだから。これは紛れもない有事だし、神道に生きる者の矜持(きょうじ)に関わる問題でもある。もはやカサギさんのような外部業者の手に負える状況じゃないのよ。それに椚のほかに誰が高堂を救うの？　そのために繋いできた絆なのに。うちの宮司ももちろん同じ考えよ。わたしの意思を伝えたら、涙を流して喜んでくれた」

倉地はショルダーバッグのストラップを肩にかけ直しながらこちらに歩いてきた。浜野の前に立つと、彼女は目だけちらりとロビーのほうに向け——高堂はごちゃまぜ革命の時代に入った、と騒ぐ宮司の声は聞き逃しようがなかった——それから囁いた。「もし神社や政治に対する考えが今後変わるようなことがあれば教えて。場合によっては、ここに残してあげられるかもしれないから」

倉地は指先でそっとタキシードの襟を整え、会場への案内が始まったロビーへと歩き出した。その後ろ姿に、そのとき、突然に記憶を呼び覚まされた。ずっと伝えたいことがあったのを思い出したのだ。「倉地さん」と浜野は慌てて呼び止めた。振り返った倉地の意外そうな顔を見たらおおいに気が引けたが、やはり言おう、今しかなかろうと覚悟を決めた。「代々木で飲んだときの三千円弱、たてかえたまんまになってんだけど——」

利子のつもりか、倉地は五千円札を押し付けて釣りは要らないと言った。浜野はそれを素早く内ポケットにしまい、賽銭箱に入れたのが戻ってきたようだとは、なるべく考えないようにした。

ごちゃまぜ革命はその年のうちに始まった。まず櫓側のキャプテン候補が水鞠の間に入って汐見から仕事を教わるようになり、ほかのスタッフはその後徐々にやって来てカサギのメンバーと替わっていった。新田は意気消沈して一時期は食事も喉を通らないほどだったが——やはりカサギさんが一番頼れる、海神と水鞠の新しいキャプテンもどちらも立派だと社長から持ち上げられた矢先のことだったのだ——これは同業者相手の戦いとは違う、もはや実力や立ち回りの問題ではないのだと入江から叱られるように励まされ、なんとか生きながらえていた。

時折水鞠の間を覗くと、枡さんたちと楽しそうにしている梶の姿が見えた。ベテラン枠の梶は汐見と一緒に最後までそこに残ることになっていたが、追い出される直前の敗者らしさは少しもなかった。それどころか誇らしそうに、見たことのない温和さと丁寧さでもって枡さんたちに仕事を教えていた。いったいどういうわけで制服が分かれているのかと客から尋ねられれば、待ってましたとばかりに講釈した――枡神社との絆について、出張奉仕という尊い伝統についていて。

そんなふうだったので、二〇一五年春、水鞠の間を完全に明け渡す段になって悲しがったのはむしろ枡のスタッフたちだった。梶さん、梶さんと別れを惜しみ、その後も何かわからないことがあれば、梶さん、梶さんと頼りに来た。

梶は再び海神の間に戻ることに決まったが、これは岸下が長年遠距離恋愛していた相手との結婚を決めて岐阜に引っ越すことになったのが一番の理由だった。また、朝凪の間のキャプテンの和田が、どうせいつか切られるのなら自分から出たい、ほかの現場で働きたいと願い出たため、その穴は汐見が埋めることになった。入江は千重波の間に移り、和田と仲の良かった望月が引きずられて弱気にならないよう、仕事とメンタル面の両方で彼女をサポートすることになった。

披露宴は絶対にやらない、という送別会での岸下の宣言は、激動の日々にもたらされた得がたい安らぎのように浜野には思えたが、でも白無垢は着ると思う、式はやっぱりやると思う、写真のため、親のため……とぼそぼそ続いたので結局はがっかりして、いいんじゃない、天職なんじゃない、ともう少しで突っかかっていくところだった。これからも作り続けてねと別れ際、岸下に言われたが、そっちもねとは言えなかった。西崎にはどうにか言えたおめでとうも、言えなかった。

同期の結婚話にどうしてもうろたえてしまう自分に嫌気が差していたちょうどその頃、初めての出産と初めての育児に忙殺されてしばらく静かだった長姉による電話攻撃が再び始まった。姉は様々なことに腹を立てていた。夫が育児に対してどこか他人事のような態度を取ること、孫が生まれたというのに両親の仲が持ち直さないこと、弟が社会的に不安な状態のまま三十歳になったこと。

しかしもっとも許せないのはその弟が、姪である自分の娘に会いに来ようとしないことだった。そのことと帰省拒否とはまた別の話だとし、とにかく一刻も早く顔を出すよう姉は迫った。あんたはこの子の叔父さんなのよ、一度でいいからこの子を抱いて……

「おれは何も抱かない、おれは何も抱かない」浜野は悲鳴じみた声で囁いた。「なんでそんなこと言うの。おれは何も抱かない。おれに何か抱かせようとしないでくれ！」

そのことを話すと梶は小皿に酢をたらしながら、「ひでえなあ。おれなら百万回でも抱きにいくけど」と言った。

十代の頃よく通ったラーメン屋に、久しぶりに来ていた。松葉屋はいつしかカサギのスタッフと梱のスタッフとの交流の場のようになっていて、梶はそこで過ごすのも好きだったが、新世代に座を譲る老兵のようにひっそりと違う店に行くことのほうをより好んでいる様子だった。浜野は別になんでも構わず付き合ったが、かつてラーメン以外に用のなかったその店でいっさいラーメンを頼まない自分たち、なんの打ち合わせもなしで餃子(ギョーザ)や叉焼(チャーシュー)、卵焼きなどをカウンターに並べてだらだら瓶ビールを飲み始めた自分たちにふと気が付いて、その日はなんだか静かにものすごい気持ちになった。

「おれは別に家族に会いたくないわけじゃないよ。ただ、松本が舞台の話を最近よく書いてるから。距離を大事にしたいんだよ。現地の空気を吸いたくないの、ルポになっちゃうから」

梶に家族の話など聞かせるんじゃなかったと思い、そんなふうにお茶を濁そうとしたが、「ふうん、だけど、羨(うらや)ましいよやっぱり」と梶は意外なほど素直にそう言った。「おまえ見てると、余裕あるなあって思うよ。実家と呼べる家があって、ちゃんとお父さんお母さんがいて、お姉ちゃんらがいて、旦那さんらがいて、みんなちゃんとした人たちで……、そういう世界を知ってる奴って感じがするよ。その上で好き勝手やってる奴って感じ、切羽詰まったとこが全然なくてさ」

おまえはきっと何度コケてもやり直せるんだろうな、と呟いた口に梶は叉焼を押し込み、ビールを流し込んだ。梶の言葉は快くはなかったが、叉焼に添えられた白髪ねぎをちりちりと噛みながら、そうかもなと浜野は思った。そうかもな、とそれで実際そう言うと、梶はちらりとこちらを見、ちょっと笑った。

窓の向こうの表参道には八月の夜が満ちていた。湿気に包まれて歩く人たちを、街の光がさらに包み込んでいた。窓側に座った梶のほうに顔を向けると一緒にその光景が目に入るので、そのときは、梶の笑顔から光が生まれているようにも見えた。

しかし余裕というのなら、最近は梶にこそそれを感じた。デシャップ担当として岸下とは比べものにならないほど手際よく裏舞台を切り盛りしながらも、以前のようにカッカしなくなったし、浜野とのあいだの上下関係も自然に受け入れていた。少し前に常勤として入った里井、まだ二十一歳という若さの後輩のことも、叱ったりからかったりしながら大切に育てていた。

梶の笑いは小さかったが、思ったよりも長く続き、あらためて見つめると梶はごほんと咳払いをした。「いや、思い出しちゃって。今朝の汐見さん、ウケたわ」

ああ、と応えて浜野も笑った。朝凪の間も椚の受け持ちになることが正式に決定しました、と悲愴な面持ちで発表した新田に、和田のあとを継いで朝凪を担当していた汐見が苦笑いでこう言ったのだ。「おれのいるところが椚のものになるって法則ですかねえ?」

「椚からすりゃラッキーだけどな」浜野は自分のと梶のと両方のグラスにビールを注ぎながら言った。「たぶんうちで一番面倒見いいもん、あの人」

「うん。なんだかんだ優しいしな。水鞠のときも、ずいぶん細かく引き継いでやってたよ」輝くビールが小さなグラスを満たしていくさまを、梶は満足そうに見つめた。「今後どうなっていくだろうな……、椚もそんなにいきなりは人を集められないだろうから、朝凪でいったん勢いは止まるだろうな。でも時間をかけて準備して、二年以内に千重波も取るだろう。望月さんはそれまでもたないとおれは思う。あの人はやっぱりカサギと高堂の組み合わせに愛着がある人だから。入江さんと汐見さんはその点さっぱりしてるけど、見切りも早いはずだから、持ち前の海賊根性でどっか別のホテルでも乗っ取りに行っちゃうかもな」梶はそこで浜野に目をやり、にやりとした。「で、どう。将軍クラスの先輩たちがどんどん消えていく中で本丸を守る気分は？」

浜野はさすがにあきれて笑った。「楽しそうだな」

「ていうかわくわくするんだよ」梶はぎゅっと肩を縮め、椅子の脚を靴底でトントン鳴らし、駆け出したがる体を抑えつけるようにぐいと一気にビールを飲んだ。「カサギにとっては苦しいときだ。それはわかるよ。でも広い視野で見ればその苦しみは好転反応ってやつにすぎないんだ。今は血液を入れ替えてる最中なんだよ、どろどろした汚いのから、さらさらしたきれいなのに。同じ会場で一緒に働いてみて実感したよ。椚さんに婚礼をおまかせするのは間違いなくいいことだ。あの人たちはすごくシンプルに考えるんだよ、いい婚礼になるようにって、ほんとにただそれだけなんだ。でも本当にそう思ってる。一つ一つの婚礼に対して、スタッフ全員が心からそう思ってるんだ。それってすごいことじゃないか？　少なくともおれは、十年以上披露宴会場で働いてきたけど、一度だってそんな婚礼は見たことなかった。あの人たちと働くまでは一度も」

「つまり、和田さんはどろどろした汚い血だったたってこと？」

「おれたちみんなだ、というよりもっとムード的なものだよ。いちいち具体的に言うな」

「現場の話は具体的にしなきゃ。それに、汚い血の一部として排出されつつあるおれらが好転反応だって喜んでてどうすんだよ」そこまで言ってはたと気付き、浜野は箸で卵焼きを切っていた手をぴたりと止めて梶を見た。

梶は訝しげに見返して、「なんだよ」

「おまえ、わかった、倉地と話つけたろ」

「なんの話」

「全会場が椚のものになったとしても、特別に高堂に残してもらえるって話。直会のときにちらっとほのめかされたんだ、もし椚と同じ考え方ができるなら——」

「馬鹿にするな」突然、梶は激昂と呼べるほどの剣幕で怒鳴った。「それはおまえがあんまりにも哀れだから情けをかけられただけだ、おまえだけのことだ。あいつはおれにそんな話はしてないし、領地拡大のことだって、すっかり慎重になって詳しいことは話さないからおれはなんにも知らないんだ。倉地はおれを特別扱いなんかしてない。あいつはおれにずるさせるようなことはなんにもしてない。おれは何かのお返しに椚を良く言ってるんじゃない、本当にそう思うから言ってるだけだ。何もかもおれ自身の考えだ」

「わかったよ。わかった」驚きを顔に出さないよう気を付けながら、浜野は梶の背を軽く叩いた。「悪かったよ。ごめん」

「おれだって高堂を助けたいんだ」

「うん」

「今だって高堂が好きなんだ」梶は濡れた目で浜野をにらみつけた。「できることなら西崎みたいに、大事な場所だって胸を張って言いたいんだよ」

そう言うと目をそらし、梶はもう一本ビールを注文した。

毎日ではなかったが、この頃から梶は椚さんたちと同じ経路で高堂に通うようになっていた。まず椚神社に参拝し、参宮橋を渡って明治神宮に詣で、北参道から出て高堂に向かう。そうして椚萬蔵と明治天皇の両方に高堂の正常化を願い、祖母を弔う。

しかし、水鞠、朝凪と二つもの会場を椚に託したというのに、梶にとって状況は悪くなるばかりだった。翌二〇一六年に高堂の宮司が打ち出した新機軸は、渋谷区が前年に制定したばかりのパートナーシップ条例に同調したもの、つまり同性カップル歓迎の方針だったのだ。これは伝統を重んじる椚神社からも高堂の古い崇敬者たちからも猛反発を受けたが、同性愛は神道に反するものではないと宮司は考えを変えなかった。会館に指示して男性二人、女性二人の挙式風景をそれぞれウェブサイトにアップさせ、トップページには区の新条例に賛同すること、高堂神社では誰でも神前結婚式を挙げられることを明記させた。写真はもちろんモデルを使って撮影したものだったが、宮司の希望、好みというのではなくもっと大きな、この世界の未来に対する彼の希望がふんだんに盛り込まれたものになった。

　現場も思い思いの反応を見せたが、そこは現場で、まさに具体的な話ばかり飛び交った。もし新婦が二人ともプリンセスラインやロングトレーンを着たがったら並んで入場できないのではないか、新郎用のバケツホルダーがもう一個必要になるのではないか——何よりも、「新郎」「新婦」という呼び方をそのまま使えば現場はあっという間に混乱するのではないか。

　態勢の整わないまま先陣を切らねばならなくなった営業部はすでに混乱していた。来館した見学者にもれなく記入させている用紙にいきなり〈御新郎様名〉〈御新婦様名〉の欄があるということもあり、営業部にとってこの新機軸は、段階的な変化などではなく今この瞬間にも対応を求められるかもしれない緊切な問題だった。

　その日、ブライダルフェアの会場になった海神の間に集まったプランナーたちは——計画者、などという黒幕のような役名を持っているのは、総勢十名の二十代女性だった——それぞれの客たちに件の書類を書かせているあいだ、配膳室に集結し、今日のフェアに来たお客さんがすべて男女でとりあえずはよかったと言い合った。それから口々に、新機軸に対する不安を露わにした。

「絶対言っちゃうよね、ご新郎様とかご新婦様とかって」「言っちゃうー、もう染みついてるもん」「言っちゃってから、どっちのだよって内心自分でつっこむの」「気まずいわあ」「でもそれ以外に呼び方ある？」「新郎その一、新郎その二」「番号はないでしょさすがに」「Aのご新婦様、Bのご新婦様」「変わんないから！」「もういっそ呼ばない」「ハハハ！」「あごで、こう……、あんたのことだよって、あごで……」「斬新すぎ」「クビになるっつーの」「わかった！」そこで宮嶋が大声を出し、胸の前でいじっていたポニーテールをぱっと離した。「名前で呼べばいいんだ、何々様って。苗字は別なわけだから。そんで書類の肩書きは、変えるんじゃなくて消しちゃうの！」

ああー、そっかあ、ていうか普通に考えてそれだねえ、と仲間たちから控えめな称賛を受ける宮嶋を遠巻きに眺めながら、新郎新婦にも名前があるのかと、浜野はそんなことを思った。次から次へと現れては去っていく新郎新婦の全員が固有名詞を持っているというのは、考えてみれば凄まじいことのような気がした。

椚神社が反対を表明したならば出張奉仕組にも何かそれらしい雰囲気が見られるかと思ったが、椚さんたちは別段これまでと変わらない様子で働いていた。

「それでもいざそういう婚礼を執り行えと言われたら、そのときはわからないよ」と彼らと同じくらい静かに状況を見守っていた梶は言った。「男同士でも女同士でも、別に好きにすりゃあいい。でも子孫繁栄が基本の神社がわざわざ後押しするようなことじゃない。そのことは誰よりもよく椚さんたちが知ってるんだから」

しかしそれを聞いて浜野が想像したのは、椚さんたちではなく、自分自身がどう振る舞うかということだった。いざそういう婚礼を執り行えと言われたら——エレベーターホールで出迎えた二人がどちらも男だったら。女だったら。披露宴中の自分を限りなくタフな存在にさせてくれる「おれの新郎」というあの魔法はきっと使えなくなり、かわりに何か別の魔法が必要になるだろう。別の武器、別のアイデア、これまで考えもしなかったような物語を、新たに生み出すことになるだろう。そのときはわからないよという梶の言葉が、そう思ったら何やら素敵な予言に思えてきた——そのときはわからない、それはつまり、そのときが来ればわかるということだ。

いつしか会館全体が、さまざまな理由で同性カップルを待ち望んでいた。営業部は新しくした書類フォーマットを使ってみたくてたまらない様子だったし、衣装部はタキシードとタキシード、ドレスとドレスの組み合わせが持つ無限の可能性に気付いてすでにいくつもの衣装案を出していた。装花部は男性カップルがどんなふうに会場に花をあしらうのかを知りたがり、美容部は女性カップルにどれほどメイクのし甲斐があるかに期待し、宴会部には浜野がいた。

待てど暮らせど、しかし同性カップルは現れず、その間にも絶え間なく行われる婚礼に追われるうち皆だんだんと忘れていった。強い反対を押し切ってまで打ち出した新機軸だったのに、と考えると浜野はなんだか可笑しいやらせつないやらで、何かの拍子にふとそのことを思い出しては宮司の心境を思いやった。きっと寂しがっているだろう。それともまだわくわくしているだろうか。拝殿の奥に身を潜め、紋付袴の二人が、あるいは白無垢の二人が並んで参道をやって来てくれるのを、あの男雛装束で待ちわびているだろうか。

入江と汐見に高堂を去ると告げられたのは、もうそんなことも思い出さなくなった頃、二〇一七年の三月だった。珍しく二人に誘われて行った、平日の閑散とした松葉屋で打ち明けられた。たまたま梶が休みの日だった。一人一人に伝えたかったようだった。

そうなる可能性は頭の隅にずっとあったはずなのに、実際に本人たちから聞かされてみて思い知った。心構えなど何もできていなかった。というより、そんなことになると本当には思っていなかったのだ。海神の間だけはずっと残っていくだろうと浜野は無根拠にそう信じていたが、それとまったく同じように、入江と汐見と梶だけはいなくならないと信じていた。倉地はとっとと千重波も持っていってくれればいい、そうすればまた初期メンバーで海神に集まれるんだからと、そんなふうにさえ思っていたのだ。

しかし実際に千重波を奪われ――先月の決定で、梶の見通しよりは粘った望月はそのときに去った――入江と汐見もいなくなると決まった今、もう自分の感覚など信じられなかった。確かだと思えるものが、ただの一つも思い当たらなかった。梶や西崎だけのものと思い込んでいた高堂への思い入れが自分の中にも、自分なりのかたちで存在するのだと知って浜野は怯えた。怯えていることにさえ怯えた。

「おれ、黒服脱ぎます」浜野は最後の望みをかけてそう言った。「着たくて着てるわけじゃないし、海神はもともと入江さんと汐見さんの会場なんだから、また二人でガンガン回してください。おれは別にデシャップでもランナーでもなんでもいいんで。二人が高堂からいなくなっちゃうのは困ります。それだけは、ちょっと、本気でいやです」

「どの会場も別に誰のもんでもないよ。そのときそのときで適当に凌いでるだけだ」冷奴に醬油をたらす汐見は、まったくいつもの調子だった。「現場単位で見たってそう。おまえは最初から常勤で入ったから高堂しか知らないけど、この仕事はいろんな現場を回るのが当たり前なんだ」

「どうしても誰かが出なきゃならないんならおれが出ますよ」

「それは無理だよ。おまえは海神に固定されてんだもん」汐見はそう言ってから、隣で黙々と塩キャベツを嚙んでいる入江に目をやった。「なんだっけ、新田さんが言ってた、宮司のあの言い方」

「フィックス」

「そう、おまえは海神にフィックスされてんの」そう言って、汐見は自分の言葉に笑った。

「宮司の指示らしいよ。浜野は絶対に海神から動かすな、キャプテンとして置いとけって。相当気に入られたんだな。つまりおまえがいる限り、あの会場だけはまあなんとかカサギの管轄として残せるわけ」

浜野は愕然とした。宮司の抱擁が再生されたような感覚が腕の上に走ったが、飲み込まれる前に声を出した。「てことは、どのみち海神を動かすぶんの人員は今後も必要になるってことでしょ。常勤を削るなんておかしいですよ。仕事ができる人から抜けていくなんて」

「まあでも、おれは昔の知り合いがちょうど声かけてくれたから。ホテルのレストランでマネージャーやってる奴。で、こいつはそろそろ母親業に専念するって。だいぶ遅いけどな、もう中一だし」

「しかもその中一に、すでに百回くらい母親業クビにされてんだけどね」まとめていたのを下ろした髪を、大きくかき上げながら入江は言った。「それでもちょいちょい再雇用されんの。臨時で。ほんとブラックなんだけど。鬼社長なんだけどあの中一」

「待って、待って……」浜野はテーブルに肘をつき、文字通り頭を抱えた。「なんでそんなにぽんぽん進んでいっちゃうの。おれもうついていけないいんですけど」

「先輩がいなくなるんだよ、最高じゃん」入江の手がからかうように髪を払うのを感じた。

「想像してみな、なんでも好きにできるんだよ。あんたの時代が来たの。シーズンズ・オブ・ハマノだよ」

もうそれやめてと呻くと二人はケタケタ笑い合い、煙草に火をつけ、互いに蹴ったり蹴られたりしながら足を組み替えた。どちらもじき四十三だったが、彼らと初めて会った頃の、今の浜野より若い二十八の頃と少しも変わらぬ軽やかさだった。自分たちの生活も、パートナーとしての関係も、何にも保証されていないことをこの人たちは最初から知っていたのだ。頭だけでなく、骨身で理解していたのだ。そう実感するとともに自分の鈍さに目眩がして、浜野はその晩久しぶりに深酔いした。いつかクロス倉庫で見たあの光景を夢に見て、情欲と悲しみと吐き気とで目覚めたが、すべて出しきっても安眠は訪れなかった。

5

千重波の間が椚の手に渡ると同時に入江と汐見は退職し、四月が来た。高堂の森にも、庭にも桜が咲き乱れ、その桜に合わせるため割増しの内金を支払って予約競争を勝ち抜いた新郎新婦たちが列をなして誓いを立てる、高堂の一年でもっとも多忙で軽薄な季節だった。境内には絶え間なく三管の音が響き、番傘は舞い散る花びらの中に次々と、丸く、赤く開かれた。夫婦を守るその傘はまるで幟のように勇ましく掲げられ、堂々と神前へと進んでいった。

平日にも婚礼が入ることの多い時期には貴重な、翌日の準備のほかは特に何もなかったその日、浜野は庭園の池に亀を放っていた。といってもその亀はもともと池にいたので、再び閉じ込めたというほうが正しいかもしれない。十五分ばかり前、境内を縦横無尽に歩き回っている亀がいるようだから捕まえて池に戻してほしい、と久しぶりに突拍子もない指示が下り、どちらが行くかじゃんけんで決めようという意味で梶はこぶしを突き出してきたのだが――常勤でないスタッフには頼みづらい仕事だった――そんなことさえ馬鹿馬鹿しくなって引き受けたのだった。外の空気を吸いたい気分でもあった。

亀はすぐに見つかった。大人の手のひらほどもある大きいのが参道をわしわしと横切る姿は圧巻だったが、鉄色の立派な甲羅と外界への憧れを持つ者とは思えないほどおとなしく捕まり、おとなしく池に帰っていった。浜野は虚しくなってしばらく池の縁にしゃがみ込んでいた。濁った水と鯉の影、その上に散る桜の花弁を、眺めるともなく眺めた。

あんな甲羅がもしあったらどんなに頼もしいだろうと、失望したはずの亀を気付くと羨んでいた。人間も骨が外側にあればよかったのだ。骨が外で肉が中だ。真っ白い自前の鎧をいつでも触ることができ、池の鏡に映すことができたら、安心を求めて右往左往する哀れな生き物にならずに済んだだろう。一人で暮らし始めてからの十四年間、金だけは裏切らないと信じてきたが今ではそれも怪しく思えた。祝儀袋が一斉に開封されるさまを初めて見たときは確かに気分爽快だった。ブライズルームの床一面、万札の海だった。そばでは新婦の母親が血眼になって一人一人の祝儀額を確認し、新婦の妹がやはり血眼になってその額を芳名帳に書き込んでいた。そして壁際では、手提げ金庫を持った経理の社員が無表情で控えていた。見ろよ、倉地――心中で快哉を叫んだものだ――これがおれたちの仕事だ！

それはしかし金が骨だと信じていたからこその興奮だった。今は一八〇〇円という現在の時給や、仕事のない日は家にこもるという暮らしを続けているうちに貯まっていた七百万という預金にどんな価値があるのかよくわからない。厳密には預金額はもっとあった——いらないと何度言っても父親が送りつけてくる月五万円が十四年分。これは支援ではなく罰であること、おまえはまだ半人前だという父親の意思表示であり圧であるとわかっていたので、いつかまとめて返すときのために別にしてあったが、金の出自にこだわるほど馬鹿げたことはないように今は思えた。

そのときふと、プランナーの宮嶋の、接客中にだけ出す鼻にかかった相槌が聞こえてきた。客を案内しているのだと察して立ち、まくっていた袖を直す。植木に引っかけておいたジャケットを着直したところで、宮嶋は参道と庭を繋ぐ小道から姿を現した。女性客を一人だけ連れ、浜野を見ると少し意外そうにしたが、もちろん声はかけずに接客を続けた。

浜野がいらっしゃいませと挨拶をすると、宮嶋の連れた丸眼鏡の新婦は、会釈を返しながらもこちらをちらりとも見なかった。見るべき庭さえ見なかった、ただもう話に夢中なのだった。お喋り好きというのではなく、どう言えば伝わるだろうと悩み、的確な表現を探すうちに言葉が増えていっている様子だった。宮嶋は明らかに困惑していた。最高の季節に自慢の庭を案内しながら見どころ一つ紹介できず、ただもう相手の言葉を受け止めるばかりで、三ヶ月連続で契約数トップという成績を誇りにしている自信家らしさは片鱗(へんりん)もうかがえなかった。

「それでわたし自分の結婚というものについて初めて真剣に考えたんです。まわりがどんどん結婚していく現実から目を背け続けたツケが回ってきたみたいな感じに、ほんとに一から、必死になって――」丸眼鏡の新婦はそう話しながら浜野の前を過ぎ、黒いハイカットスニーカーをはいた足でゆっくり、橋のほうへと向かっていった。「何がわたしを踏みとどまらせるのか。もう三十二だし、彼のことは心から好きだし、付き合って六年にもなる、子どもを持ちたいという気持ちもある。でもそういうことがわたしの場合、結婚というものに繋がらないんです。しっくりこないというか、それはそれという感じで。じゃあ結婚そのものがいやなのか。結婚という仕組みそれ自体や、こういう場所で挙げる大げさな式や披露宴が――あ、ごめんなさい、その――自分にはちょっと、合わないなと感じるのか。少し意外でしたけど、そういうことでもなかったんです。結婚したいという思いはわたしの中にもある。誰かと、何かと、わたし、結婚したいんです。そして誓いの儀式をしたい。だって、儀式をするとなれば、ごまかさず自分と向き合うしかなくなるだろうから……」

彼女の声はどんどん遠ざかっていき、やがて聞き取れなくなった。浜野はまごついている宮嶋を池に突き落としたい衝動に駆られた。本当に、できることならそうしたかった、そして自分が代理を務めたかった。丸眼鏡の新婦の話はそれほど深く浜野をとらえ、こうしている今もなお続いている、しかし聞きそびれてしまっている言葉に執着させた。浜野は池を見回るふりをしながら適当な距離を取ってついていくことを自分に許し、歩き出した。

「……でも彼の言うとおりだと思いました。実際にそうだったんです」再び新婦の声が聞こえ始める。「結婚を検討し始めてからというもの、独りよがりな人間になってしまって。すごい矛盾ですよね。相手がいてこその結婚なのに。だけどわたし、どうしてもこう考えてしまうんです、結婚というのは——永遠の愛を誓うというのは——その人の心の中でしか成立しないものなんじゃないかって。つまり、相手がいてはできないんじゃないかって。当時のニュースか何かで見ましたけど、たくさんの人たちが震災をきっかけに結婚したそうですね。あの現象がわたしにはとても不思議でした。地震が起きたら結婚……。それですぐに連想したのは、風が吹いたら桶屋が……というあれなんです、すごく似てると思ってしまった。でも、だからこそあり得ることだとも思いました。人間というのはそれくらい揺るぎやすくて、あやふやで、なんというか……奇想天外な生き物だと思うから」

　橋の中央、正方形の小さな広場になっているところで新婦はちょっと足を止めた。岸に根付いたひときわ大きな桜が橋の上にまで枝を伸ばし、花づくりの屋根をこしらえている、その光景に圧倒されたようだった。自分が今、どこを歩いているのか、初めて意識したようにそれから池を見下ろし、池の向こうに建つ高堂会館を望んだ。

「地震に遭って結婚しようと思う人がいるなら、桜を見て死のうと決める人もいるでしょうね」再び歩き出しながら、新婦はそんなことを言った。「そういうふうに考えてしまうんです。雨に降られて夢を諦める人もいるだろうし、風に吹かれて旅を決意する人もいるだろう、つまり人間は自然の一部なんだって。転がり続け、変わり続ける、あんまりにも自然の一部で、約束なんてできるわけがないんだって。だからわたし彼にそう言ったんです。約束できない。署名できない。仮にも神の前に立って、変わらないとは誓えない。自分自身にもあなたにも誠実でいたいと思うからこそ、未来永劫あなたを愛するとは誓えない。わたし、彼にそう言ったんです」

そこまでしか追えなかった。新婦はハンカチを眼鏡の下に押し当て、肩を震わせ始めた。宮嶋はそこから急に頼もしくなり、彼女の肩を抱くと、橋を渡り終えたところにあるベンチへと誘導した。浜野はさっき新婦が立ち止まったあたりで踵(きびす)を返し、会館へ戻った。

宮嶋の退勤が何時だろうと待ち、詳しく話を聞くつもりでいたが、夕方、向こうから海神の間にやって来た。もちろん例の新婦のことではなく、明日挙式の新郎新婦から預かった品々を会場に運び込んできただけだったが、「ちょっと変わった感じでしたね、昼過ぎ、庭を案内してた人」と振るとすぐ通じて、ああ……と顔を曇らせた。

「びっくりですよ。あの新婦、お一人様なんです」重い荷物をデシャップ台にどさりと載せ、大きなため息をついてから宮嶋は言った。「どちらか一人だけが見学や打ち合わせに来るってのは、まあよくありますけどね。でもそうじゃなくて、あの人はそもそも一人なんです。一人だけで婚礼をしようと考えてるんです」

「え?」梶が聞き返した。あらかたのスタッフは帰っていたが、梶は里井と居残り、明日の流れや作業内容について何やら相談しているところだった。

「六年間付き合ってた人と、結婚話が出たところで別れたそうで」宮嶋はあらためてため息をついた。「でも本人は結婚したがってる。式も披露宴もしたがってるんです」

「その別れた男と？」

「じゃなくて――」梶の問いにひとまずそう返し、宮嶋は言葉を探して目を泳がせた。「よくわかんないんですよね。人でもなく、物でもない、確かなものと結婚したいって。自分自身というのとも違って……、本心と、って言ったかな。自分の本心と、連れ添っていきたい。そんなふうに言ってました」

「それ、警備員呼びました？」梶が吐き捨てるように言い、隣の里井が笑うべきか否か迷って顔を歪ませた。「春によくいる手合いでしょ。それか別れたショックでおかしくなったか」

「そういう感じかなと実はわたしも思ったんですけど……、少なくとも、自分が例外的なお客だってことはよくわかってる感じでした。無理を通す気はない、でももしかしたら、高堂なら、引き受けてくれるんじゃないか。そう思って来ただけだからって」

「どういう意味、高堂ならって？」

「ほら、例の、同性カップル歓迎運動のときにサイトに加えたあの文言」そう言って、宮嶋は右手を横一文字に動かした。「〈高堂神社ではどなたでも神前結婚式を挙げることができます〉」

梶は鼻でため息をつき、手にしていたボールペンをバインダーの上に放った。里井は不安げな目をきょろきょろさせて年長者たちの様子を窺っていた。

「で、どうなんですかね」浜野は宮嶋が持ってきた紙袋の中をごそごそやりながら、できるだけさりげない調子になるよう気を付けて尋ねた。「進みそうなんですか、その話？」

「今のところは保留です。ほかにもいくつか見たい式場があるみたいで」

「じゃあもしまた戻ってきて、やっぱり高堂で挙式したいって言ったら？」

「神社次第ですけど、うちならやるんじゃないですか。今日はたまたま宮司が英会話教室に行ってるとかで留守で、ちゃんと確認できなかったんですよね。でもまあやると思います。会館のほうも、基本的には会場使用料だけ取れればあとはそこでどんな披露宴が行われようと構わないわけだから」

「いや、そんなことはないでしょう」梶はきっぱりと言った。「神社が母体である以上は会館だってその一部だし、披露宴も神事のうちってことになるんだ。それを忘れちゃだめですよ。第一、もしそのお一人様がどこかの会場を借りるとなったら、やっぱり小さめのところになりますよね。自分の気持ちと結婚しますなんていうとち狂った披露宴がどんなもんかなんておれは知りたくもないけど——招待されるほうはたまったもんじゃないよな——そんなに大々的にやるってことはないだろうから、海神の間ということは少なくともあり得ない。となると宴会担当は椚さんだ。あの人たちは伝統をすごく大事にするんで、そういう披露宴には手を貸さないと思いますよ。向こうの宮司が許さないはずです。スタッフ全員引き上げさせてボイコットするはず、そうなると披露宴ができなくなる。披露宴ができなくなると挙式もできなくなる。

ですよね？　うちには挙式と披露宴のセットのプランしかないんだから」

　宮嶋はつかの間ぽかんとしてから、「そっか」と呟いた。「そっか、なるほど、そんなふうに繋がるんですね……。椚神社が伝統を重んじているのは知ってましたけど、それがそんなかたちでこっちのプランニングに影響する可能性があるっていうのは、ちょっと、考えてなかったです。小ぢんまりとやりたいって、確かにおっしゃってました。もし高堂でやるなら水鞠の間かなって。でも、そうなると、挙式も含め難しくなるってことなんですね」

「そのほうがその人のためだと思いますけどね」

　宮嶋はふーむと息をつくと、「なんか、最近の宴会部、複雑ですよね」と言った。「いろんな事情が入り組んでる感じで……」

「今だけですよ」梶は再びボールペンを手に取り、落ち着き払って答えた。「じきすっきりまとまります」

　浜野はもうほとんど会話から抜けた者のように振る舞っていた。持ち込み品を一つ一つ、事前に渡されていたリストと照らし合わせながら確認し、不明点を見つけたときだけ宮嶋に声をかけた。それじゃあよろしくお願いしますと去っていく彼女にも、お疲れさまでーす、と当たり前の挨拶しかしなかった。

　しかし預かり品を棚に押し込みながら横目で梶の様子を窺い、まだ里井とミーティングを続けるらしいのを確かめると、あっ、と何かを思い出したように、いかにも何か確認し忘れたように叫んで配膳室を飛び出した。従業員用トイレの前を過ぎ、厨房の前を過ぎ、狭い階段を駆け降りながら宮嶋さん、宮嶋さん、宮嶋さんと呼んだ、呼ぶたびに心が跳ね上がるのを感じた。そして一階と二階の中間で追いついた彼女に、勢いよく囁きかけた。「ねえ、やろうよ、その婚礼！」

宮嶋は大きく見開いた目で浜野を見上げた。頭だけ振り返ったままの恰好で、ポニーテールの先はまだかすかに揺れ、全身から驚きが溢れていた。どの婚礼、とはしかし言わず、それだけのことに励まされて、「やりましょう！」と浜野は祈る思いで囁いた。

囁き声しか出せないのは、そこが三階ではないからだった。三階を除いて今はどこにでも椚さんがいた。あの緑色の制服を着た人々が今や多数派で、実力派だった。洗い場のベトナム人たち、コックや配膳スタッフの中に何人かいる中国人や韓国人たちといった外国人が高堂会館で働いていることに、その実力派たちが疑問を抱いているという噂を耳にして以来、浜野は三階以外の場所でのびのびと振る舞うことができなくなった。彼らから見れば自分もまた外国人であるような気がしたのだ。

「さっき梶が言ったことは、たぶんほとんど当たってます」外国人用の囁き声で浜野は続けた。「椚を絡めると潰される。うちがあの条例に乗っかったときだって椚はずいぶん怒ってたんだ、当の同性客が来なかったからさほど大きくは揉めなかっただけで。でも、その客がとうとう来ちゃったんですよ。今日来たあの人がそうなんですよ。ねえ、宮嶋さん――」浜野は階段を一段降り、数段ぶん開いた相手との距離を詰めた。

「去年の今ごろ、おれたちみんな馬鹿みたいにそわそわして、何か新しいことが始まるのを待ってたでしょ。なんだかよくわからない、でも何かが始まるらしいって、他力本願もいいとこだけどみんなすごくわくわくしてた。それがようやく来てくれたんですよ。あの人がそうなんですよ。自分の本心と結婚ですよ、高堂初でしょ！　ぼけっとしてちゃだめだ、捕まえなくちゃ」

当たっていると思う梶の言葉はほかにもあった。招待されるほうはたまったもんじゃない――まったくだった。本当にその通りだった。招待されたくないという意味では、浜野にとってほかの婚礼と完全に同じなのだ。三十二歳、同い歳のあの丸眼鏡の新婦がもし自分の友人だったら、梶とは別の角度からではあれ浜野もまたぼろくそに言ってやっただろう――おまえそれにいくらかけるの、なんでわざわざ披露するの、なんでおれを招待するの、一人で勝手にやってろよばーか！　しかし今日、すすんで彼女に付き従って橋を半分渡ったときから浜野の内にはキャプテンの、「おれの新婦」というべき心が芽生え、素の自分ではつかみ損ねるしかなかったであろうことまですべてその心に受け止めていた。とにかく彼女を守りたい、彼女がここに現れたことをなかったことにだけはしたくないという思いがこのとき、ほとんど浜野のすべてだった。

「梱をタッチさせない方法は、きっと何かありますから。おれ、考えますから。宮嶋さんはお願いだからあの新婦を逃がさないでください。高堂は喜んでお手伝いしますって伝えてください。神社に確認なんかしなくていい、あの宮司はやりますよ。やらないわけないんだ」

「神社に確認はします」宮嶋は表情を硬くし、ファイルを抱く腕に力を込めた。「挙式できると神社が言えば、もちろん、お客様にはそう伝えますよ。ただ、さっきの、梶さんの話で怖いなと思ったのは、できると言って引き受けたことが結局できなくなるかもってことなんです。それは絶対、やっちゃいけないことだと思うので。できると断言できないのであれば、だから、最初から引き受けるべきじゃないと思うんです。どうしてもうちでやりたいと先方がおっしゃるならもちろん、神社だけでなく会場のほうにも——つまり、椚会館の方たちにも——確認を取った上でお返事することになるとは思いますけど。まあそういうやり取りは、わたしが、営業部がというよりは、神社同士でっていうかたちになるのかもしれないけど……」

「だめだめだめだめ」ぞっとして、思わず笑ってしまう。「椚に確認なんて取っちゃだめ。それをやったら終わるんだってば。あの、会場の話にはなるべく触れずにいてもらうことできませんか。宮嶋さんがあの新婦をがっちり捕まえてくれさえしたら、そこは宴会部として必ずなんとかしますから。大丈夫。信じてください。おれ宮司にハグされたことあるんです」

胡散臭げに、しかし明るく宮嶋は笑い、「まあ、わかりました、とにかく連絡はしておきます」と言った。「できれば力になりたいとわたしも思ってたんです。式をしたがっている人を見過ごすのはプランナーとしても悔しいし、それに、せっかく高堂ならって頼ってくれたんですもんね。そういう避難所っぽい感じ、なんか神社らしいですよね」
浜野はやっと大きい声で笑った。新風を求めてばかりの神社を避難所のようだとは、考えたこともなかった。それから新婦の涙を、あの震える肩を思い出し、プランナーと握手を交わして別れた。

希望が鉄色の甲羅のように浜野を守り始めた。入江と汐見を失ってからというもの、二階を満たす勢力に下から突き上げられているようでどうもおぼつかなかった足取りが、その日を境に確かさを取り戻した。五千円札を握りしめてさんざん逃げ惑った挙げ句に高堂神社に参拝した、六年前の日のことをよく思い出すようにもなった。あの恐怖、あの屈辱、神前において敗者だった自分。しかし「おれの新婦」もまた神前の敗者なのだ、誓いを諦め、宝を失ったのだと考えると、その記憶は痛みではなく喜びを生むのだった。しかも彼女はなお神前に進み出ようとしていた。神に再戦を申し込もうとしていた。誓えるほど確かなものが、何かあると感じているのだ。

宮嶋に名を教わった。松本千帆子（まつもとちほこ）。生まれ故郷と同名だということに妙な意味を見出さないよう気を付けながら、松本様、松本千帆子様、と浜野は胸にその名を刻んだ。浜野にとって初めての、固有の名を持った新婦だった。もし彼女の挙式が決まれば、営業事務所のスケジュールボードに〈御両家様御婚礼〉と書かれない初めての新婦にもなるだろう。そこにはただ〈松本千帆子様御婚礼〉とだけ書かれるのだ。

松本千帆子の歩みは実に遅かった。神社は喜んで挙式すると言っている、会館も歓迎するという宮嶋のメールに、もう少し考えてまた連絡すると返信するだけで二週間かけ、ようやく二度目の見学に来たのはさらにその半年後のことだった。

このあいだは明るい時間帯に来たので、今度は夜、暗くなってからの雰囲気を見たいということだった。その日は昼に会食が一件あるだけの水曜日で、浜野の退勤は夕方四時だったので、いったん上がって外で暇を潰してから彼女が来る夜七時に間に合うようまた戻ってきた。なんとしても一言挨拶しておきたかった。そしてできれば、海神の間をすすめてみたかった。

松本千帆子が夜の庭や各会場からの眺めを確かめているあいだ、浜野は一階の給湯室で飲みたくもないコーヒーをずるずるとすすりながら待った。本当は見学にも同行したかったのだが、宮嶋に固く断られたのだ。しかしようやく、見学を終えた彼女の赤いセーター姿が打ち合わせコーナーに現れると、浜野はほとんど我を忘れて給湯室を飛び出した。彼女のために椅子を引こうと寄ってくるレセプションスタッフを二十メートルも先からジェスチャーで制止し、自分がその役につき、彼女をそっと座らせるなりその足元に跪いた。「お帰りなさいませ、お飲み物はいかがなさいますか」そうしてついに、新婦から直接のお言葉——「あ、じゃあ、オレンジジュースを」——を賜(たまわ)ったのだった。

宮嶋はいかにもやりづらそうにしていたが、浜野が給湯室でオレンジジュースを用意しているあいだに、今のスタッフはあなたの婚礼の熱心な支持者なのだと伝えてくれたようだった。

飲み物を持って戻ると松本千帆子はわざわざ立ち上がり、「ご心配くださってたみたいで、どうもありがとうございます」と頭を下げた。再び上がった顔には柔らかな笑みが広がり、丸眼鏡の向こうの目は小さな虹（にじ）のかたちをしていた。

浜野は一瞬立場を忘れて狼狽（ろうばい）し、ああ、いや、という自分の声の不恰好さで我に返った。

「とんでもないです、そんな、心配だなんて。このたびはご成婚、誠におめでとうございます」

そう言ってお辞儀を返すと松本千帆子は手を叩いて笑った。それからその手で眼鏡ごと顔を覆い、しばらくそうして笑い続け、初めてそんなふうに言われましたとやがて呟いた。

宮嶋はおそらくそこで退散してもらいたがっていたが、浜野は粘って名刺を渡し、よその式場はどうだったかとか、夜の高堂はどうだったかとか尋ねた。すると松本千帆子が目論見（もくろみ）どおり、「よかったら、どうぞ浜野さんも」と椅子をすすめてくれたのですかさず、浜野はその機をとらえ、それじゃあ失礼して……と宮嶋の隣に腰を下ろした。トレーを背もたれに立てかけながらちらりと窺うと、宮嶋は信じがたいという顔でこちらを見ていた。

松本千帆子は式場を決めあぐねていた。一人だというとどこでも驚かれ、門前払いはされないもののさほど歓迎もされないので、できればこうして快く受け入れてくれる高堂に決めたい。しかしあらためて見るとやはり会場が大きいと感じる。一番小さな水鞠の間でも、自分のような、自己満足のためだけに使う空間としては大げさに思えるということだった。

「あの、こう言ってはなんなんですが……」浜野はさっそく口を挟んだ。「自己満足のためだけに使われない会場、というのはむしろうちには存在しなくて……」

「浜野さーん！」宮嶋がとうとう噴火寸前の作り笑いで止めに入ったが、「でもそうでしょう」と浜野は頑張った。「それは全然悪いことじゃないんですよ。というより、披露宴の一番大事なところですよ。ゲストのためにって皆さんよくおっしゃいますけど、会場責任者としてこれまでざっと……千組くらい、担当してきて思うのは、新郎新婦が遠慮をしない披露宴が結局一番盛り上がるってことです。ホストが楽しいとゲストも楽しいんです。司会者も楽しいし、スタッフも楽しい。そういうものですよ」

「ご招待するのはだいたい何名様くらいになりそうなんですか？」

「えっと……」オレンジジュースを吸い上げながらじっと浜野を見つめていた松本千帆子は、宮嶋の質問を聞いてぱっとストローから口を離した。「本当に何人かです。昔からの友人を何人かだけ呼んで、ゆったり食事する感じかなって。ここ何年かでできた新しい友だちは仕事を通じて知り合ったので、こんなことに付き合わせるのはさすがに悪い気がするし、家族も、ちょっと呼びづらいし……」

「呼びづらいですか」

「ちょっと、そうですね……」

こちらの確認に弱気な返事をする新婦を、「ご新婦様」と浜野はいつも新郎を呼ぶときの声で呼んだ。それからすぐ、「松本様」と言い直す。

「あの、このご婚礼は松本様にとって、とても大切なことなんだろうと思います。当日も、きっと特別な日になります。だから松本様にとって大切な方は、みんなお呼びしていいんじゃないかと思うんです。ご家族もということではなく、松本様が大切に思う方々、来てくれたら嬉しい方々、ただ単純に好きな人たちのことです。そのことは松本様の、その……、ご結婚相手とも、きっと深い関わりがあることだと思うので」

松本千帆子はまばたきもせず浜野を見つめ、その言葉に耳を傾けていた。いったん引く意味で隣の宮嶋と目を合わせ、僭越ながら……と付け加えると、「今さら！」と宮嶋はとうとう無礼講の調子で言い放った。「最初からずっと僭越ですよあなた！」

しかしおかげで新婦がまた笑い出し、場の雰囲気もやっとゆるんで、みんなの言葉も軽く生まれるようになった。松本さんはわたしのお客様なんですよね、まずはわたしが松本さんとお話ししたいんですよね、と本音を見せながら気安くさん付けを始めた宮嶋に合わせ、「この宮嶋から松本さんのお話聞いて以来、実はわたし、そのことばっかり考えてたんです」と浜野は言った。

「自分だったらどうするだろうってことです。わたしは松本さんとは逆の方向でイメージを膨らませてました、つまり、大きく、できるだけ大きくってことです。だってパートナーは心だから——しかも自分の本心だから——それはちょっと、象よりでかいんじゃないかと思って」

松本千帆子は愉快そうに言った。「だけど、物理的な大きさじゃないし……」

「それがよく考えてみると、そんなこともないんです。もし自分が松本さんと同じ婚礼をするとしたら、ということでわたし、ちょっとリストを作ったんですけど……」

そう言いながら尻を浮かせ、ポケットからメモ用紙を取り出した浜野に、「なんのリストですか」と宮嶋が尋ねた。

「招待客リスト。誰を、そして何を自分の結婚式に呼ぶかってやつです」浜野は取り出したメモに目を落としながら答えた。「そうしたらもう、なんだかすごいメンバーになってしまって……。あ、これはちょっとお見せできません。あまりに個人的なもので、その、だいぶみっともないので。でもそうならざるを得なかったんです。だって、自分の本心がいつもお世話になっているもの、ということ以外に特に制約はないわけですから、なんだってあり得るんです。自分自身さえどうしてこれが好きなのかわからないというものもあるし、大きなものもある。たとえば——言いやすいところで言うと——羽毛布団とか」

「羽毛布団？」宮嶋は苦笑いで聞き返した。「浜野さん、自分の披露宴に布団持ち込むの」

「持ち込むと思う。冬の夜、羽毛布団が守ってくれてるのは体だけじゃないと思う」

「そういうものなら、わたしはランチョンマットです」松本千帆子が目を輝かせて言った。「布団と違って必需品ですらないけど、あれがないと、食事をしてても悲しくて」

「ランチョンマット——」その小ささ、薄さに内心打ちひしがれながら、浜野は満足げに頷いてみせた。「いいですね。そういうのです。単にお気に入りというのじゃなくて、支えられていると思うもの。そういうものがきっと、招待客にあたるんだと思います。そう考えるとその、結構、大物、ないですか」

「絵は絶対飾りたい……」

「もっと大きいのもあるでしょう。象くらい」

「食器棚」

「象くらい」

「図書館」

「そんな松本さんにおすすめの会場があります」浜野はさっと立ち上がり、プランナーを見た。

「あるよね、宮嶋さん、案内して!」

松本千帆子がろくに海神の間を見学していないことは、最初に聞いて知っていた。こちらがその海神の間の担当だということも、すでに彼女に知らせてあった。おすすめの会場がどこなのかは、だからもうすっかり知られていたが、松本千帆子はそれでも付き合ってくれた。おもしろ半分に、しかしおそらく初めていくらか大会場への興味を持って。

松本千帆子の婚礼を守るために浜野が思い付いた案は二つしかなかった。一つは海神の間を選んでもらうこと、もう一つは、二階の三会場のうちどこに決まろうともその日、その婚礼のときだけ、特別にカサギに指揮権を譲ってもらえないか交渉してみることだった。後者の場合問題になるのは椚だけではなかった。こちらから交渉役を出すとしたら新田しかいなかったが、陣取りで惨敗し貴重な古株を次々に失った彼は、高堂会館という領地にもはや情熱を持てなくなっていた。この数年でがったりと老け込んだ顔を時折見せては、浜野や梶への感謝を口にしたが、きみたちも無理して頑張る必要はない、いつでも別の現場を紹介するからと、必ずそう言い添えるようになっていた。そんな新田が、椚を相手に再び戦意を燃やしてくれるとは思えなかった。それもまるで会社の利益にならないことで。

しかし水鞠の間でも大きいという松本千帆子の話を聞いたとき、それでも前者の案よりは可能性があるしそれに賭けることになるだろうと浜野は思った。独自の婚礼に踏み切ろうとしている人間らしい自己顕示欲というものが、松本千帆子からは少しも感じられなかった。それさえあればいくらでも刺激してやったのに、話せば話すほど彼女という人間の素朴さを思い知らされるようで、無理に大会場に引きずり込もうとしている自分が滑稽を通り越して悪魔的に感じられもした。

ただ唯一、救われたのは、身を入れてこちらの話を聞いてくれるのがわかるその佇まいだった。なんとか海神の間に興味を持ってもらおうと強引に会話を運んではいたが、嘘はなかった。招待客リストだって本当に書いたし、彼女の婚礼のことばかり考える日々だった。言葉が届いているという実感は、だから浜野には、それだけでもありがたく思えるのだった。

浜野が開けた扉から、松本千帆子はゆっくりと中へ入っていった。彼女を抱く(いだく)と海神の間はより大きく、豪奢(ごうしゃ)に見え、はっきりそう言われる前に提案を引き下げようかと浜野は思わずそう考えた。しかし意外にも松本千帆子は、あきれ笑いを漏らしたり、困惑した様子を見せたりはしなかった。飾り用の食器の載ったテーブルのあいだを、ただゆっくりと進んでいくのだった。会場中央でふと立ち止まり、ふわりとあたりを見回したとき、浜野は橋での彼女を思い出した。知らない場所にいると今初めて気付いたような逡巡と、そのあと静かに語られた真理――雨に降られて夢を諦める人もいるだろうし、風に吹かれて旅を決意する人もいるだろう……

「ここを図書館にしていいんですか」振り返り、彼女は言った。

「もちろん」やはり橋のときと同じくらい離れた場所から浜野は答えた。一人、宮嶋だけはあのときとは違い、新婦に付き添うかわりに入り口付近に控えていた。どのみち邪魔されるのだから、最初から浜野に売り込ませようと考えているようだった。

「靴をたくさん並べるのは？」

相手が靴屋の店員だということをそこで思い出し、「職場のようにしたいんですか」と彼女の白いスリッポンに目をやりながら聞くと、「ただ靴が好きなんです、靴下も、靴べらも」と松本千帆子は片足をちょっと揺らして笑った。「この部屋はすごく日当たりが良さそうだから、図書館はやめてあちこちに詩を貼ろうかな。お花のかわりに緑をたくさん飾って、色は果物でまかなって。テーブルの位置は変えられますか」

「どんなふうにも変えられます。全部撤去することもできます」

「ああ、それじゃあ、ピクニックみたいにもできますね」嬉しそうに言って、松本千帆子はあらためて海神の間を眺め回した。「おもしろい。天井が高くなると一気に世界が変わりますね、考え方まで大きくなる。小さく済ませるのが当たり前だって、ついさっきまでそう思い込んでいたのが嘘みたい。見せてもらえてよかったです」

メインテーブルのあたりまで進んだ彼女に浜野はちょっと笑いかけたが、言葉は出てこなかった。自室のような感覚のあるこの会場に松本千帆子を招き入れた途端、一階でのあの饒舌(じょうぜつ)さはなりを潜め、危険なほどの正直さがそのかわりに浜野を支配し始めていた。この会場を選ばない限りあなたの婚礼は成立しない、だからおれは必死になってあなたを洗脳しているのだという裏話さえ、そこでは幼稚なごまかしだった。浜野がそのとき考えていたこと、そして打ち明けたかったことは、今この部屋にあなたがいてくれて嬉しいということだけだった。

「松本さん、あの、もしかしたらお気付きかもしれませんが――」制服姿のままでどうにかそれを伝えようと、浜野はとにかく口を開いた。「わたしはできれば、自分が松本さんのご披露宴を担当したいと考えています。ただ、わたしはこの海神の間の専任なので――なんというか、フィックスされてて――ほかの会場を受け持つことができないんです。だからどうしてもこの会場を選んでいただきたくて、先ほどからうるさくつきまとってしまいました。お付き合いくださり感謝しています。わたしも宮嶋も願いは同じです。松本さんが納得のいくかたちでご婚礼に臨まれること、ご自身にとって一番いいと思われる式場、会場を選ばれることです。それがもし高堂神社であり高堂会館であるならこんなに誇らしいことはありませんが、わたし個人としましては――個人の話で恐縮ですが――さらに自分がそれを担当したい、松本さんのご披露宴に立ち会いたい。そう思ってます」

「ありがとうございます」松本千帆子は驚きも、含羞もない、誰もが知っていることをあらためて告げ知らせる子どもに向けるようなほほ笑みで応じた。「いえ、その人個人の思い以上に価値あるものはないと思っています。わたしは今日、わたしにとって大切な人はパートナーにとっても大切なのだとおっしゃってくださったときから、浜野さんに担当してもらおうと決めてました」

銃弾を受けたような感覚を胸に受け、浜野は呼吸を止めた。それからゆっくり振り返り、まだ入り口付近に立っている宮嶋を、ぶ厚いファイルで顔の下半分を隠してことりとも音をたてずに笑っているさまを見つめた。

再び新婦のほうに向き直ると、浜野はまだ痺れている胸に手をあてた。「ほんとですか」

松本千帆子はようやく少し照れくさそうにした。「どうぞよろしくお願いします」

「ほんとですか」浜野は今度は勢いよく振り返って、「宮嶋さん、このあとは……」

「ありがとうございます」宮嶋はその場で深く頭を下げた。「全力で努めて参ります」

「ありがとうございます、全力で努めて参ります」浜野はまったく同じに頭を下げてから、「事前に教えてくださったら、ぼく、打ち合わせ全部参加します」と申し出た。「宮嶋との打ち合わせだけじゃなく、花も、音も、美容も、衣装も、写真も、進行も何もかも、ぼく、相談役として同席します」

「浜野さん、他セクションに関わることは、お客様とのお約束の前にまず各担当者と相談しましょう。松本さん、それでは今後の流れについてご説明いたしますので、先ほどのお席へお戻りいただいてよろしいでしょうか」

二人のマネージャーのようになって仕切り始めた宮嶋に、浜野は夢心地でついていった。どうしても身を寄せ合うことになるエレベーターの中ではずっと息を止めていた。今この近さで松本千帆子と言葉を交わしたり、万が一にも香りを吸い込んだりしたら、自分の身の上に何か取り返しのつかないことが起きる気がした。

勢いまかせの申し出どおりに、浜野はその後、何度も松本千帆子の婚礼打ち合わせに加わった。すべてはさすがに無理だったが、彼女からの要請があった場合にはなんとしてでも都合をつけ、宮嶋の言いつけどおり、各担当者に許可を得た上で同席した。幸いどの部署も浜野を煙たがりはせず、むしろ重宝してくれた。みんな単独婚者の扱いに自信がなかったのだ。打ち合わせの席で浜野はしばしば通訳の役割を果たし、またアイデアマンとして活躍した。なんか浜野くん経験者みたいだね、と音響担当者からは可笑しそうに言われた。もうすでに一人で結婚したことあるって感じだよ。

初めて来館したときの印象が強かったようで、松本千帆子は桜の季節を挙式日に選んだ。といっても来春の予約はもうとっくに埋まっていたので、そのさらに一年後、二〇一九年の四月と決まった。一年以上にわたる準備期間は、しかし松本千帆子のペースに照らしてみれば少しも余裕のあるものではなかった。彼女は結婚式一つのために決めなければならない事柄の多さ、関わってくる人間の多さに目眩を起こしていたが、その荒波を気合いで乗り越えようとは決してしないのだった。一つ一つ、一人一人といちいち真面目に向き合って、疲れたらいったん考えるのをやめ、まさか忘れてしまったのではとこちらが不安になった頃にまた戻ってきた。そんなふうにごくゆっくりと進んでいくので、時間はいくらあってもよかった。

準備期間中であればおおっぴらに松本千帆子と会うことができたので、その時間を長く持てたことは、浜野にとっても嬉しかった。来館予定のあることを知らされていなかったとある土曜日、いつものようにご新郎様、ご新郎様と駆けずり回っているところへ不意に彼女の栗色の、内巻きの髪が見えた気がして顔を上げると、参道のほうに本当にその姿を見つけたこともあった。向こうはとうにこちらを見つけて、笑顔で手を振っていた。浜野はナイトウエディングのリハーサルのため新郎新婦を連れて庭園に向かうところで、とても話をしてはいられず、素早くひと振り返すのがやっとだったが、それでもたっぷり三時間一緒にいられたときより幸福だった。不意に会えたことがというより、そういう時間の中にいること、松本千帆子がいつひょっこり現れてもおかしくない世界に生きているということが、信じられないほどの幸運に思われたのだった。

じゅうぶん予期していたことではあったが、夢の中で、浜野は何度か松本千帆子と夫婦になった。そこでは彼女はもう結婚していたし、浜野もまたそうだったから、お互いに重婚だった。儚い関係だった。肌の感触だけが確かだった。思いは募るばかりなのに、別れの時をなぜだか待ちわびてもいた。

二〇一八年秋、新田とともに社長室に呼ばれた。具体的な心当たりはなかったものの、叱責されるつもりで出向いた。自分のことながら、知らないあいだに大きなミスをしていたとしても何ら不思議はないここ最近の浮かれぶりだった。

しかしそういうことではなく、話というのは、正式に高堂会館の社員にならないかということだった。「きみは最近プランナーみたいなことも始めたようだしなあ」と、これは無断で営業部の領域に踏み入ったことへの嫌味もいくらか含まれていたが、「どこの部署でも評判なんだよ、きみが打ち合わせに加わるとなんだかスムーズにいくんだってなあ」と続いた声にはもう他意はなさそうだった。「それで我々も気付いたんだ。会場担当者が打ち合わせの段階からお客様と関わっていくというのは大事なことなんじゃないか。営業部のプランナーは営業部のプランナーとしてこれまでどおりやっていく一方で、宴会部のプランナーというのもいていいんじゃないか。プランニングから実際の披露宴の指揮まで一貫してやれるようなスターが誕生してもいいんじゃないか、それなら浜野くんしかいないいんじゃないかと、まあこれは宮司のご提案なわけだけれど……」

革張りのソファに並んで腰を下ろしている新田が視界の左側で微動だにしないのをとらえながら、浜野はぬるい緑茶を飲んだ。何ヶ月か前、アポなしで宮司に会いにいったときのことを考えていた。松本千帆子が予算面で苦しんでいたので、大きい会場を取らせてしまったぶんだけはせめてどうにかしなくてはと思い、彼女には水鞠の間と同じ使用料で海神の間を使わせてほしいと頼みに行ったのだ。浜野はそのときもちろん、彼女がこの高堂神社に吹く新風であることをアピールした。松本千帆子の婚礼を支えることは高堂にとって渋谷区の条例に賛同すること以上に重要なのだと、そう言ってやったのだ。すると宮司は絵画を思わせる芸術的書体で〈ごちゃまぜ革命〉と書かれた掛け軸の前に立ち、差額をまけるくらいでは足りない、その人からは使用料を取らないと言い出した。そしてその場で社長に電話し、その場で決定してしまった。あっという間のことだった。

あれが引き金になったんだ。社長の言葉にどうとも答えられないまま浜野はそう考えた。あんな思い切ったやり方をしたせいだ、単身で社務所に乗り込んで直談判なんて、今思えばいかにも宮司の喜びそうな革命家スタイルだ。でもあのときは、宮嶋に何度営業部長にかけ合ってもらっても埒(らち)が明かず、少し頭に来ていたのだ。会場使用料は動かせない、部長はその一点張りで社長に相談さえしてくれなかった。宮嶋にできるのもそこまでだった。それでつい苛立ち、独断で動いたのだった。

「それにそうやっていろんな部署の人たちだとか、きみの働きぶりを最初から見ていた宮嶋くんなんかから話を聞いていたらね、反対にちょっと驚かれちゃったことがあってね」と正面に座った社長は続けた。「つまりきみが派遣の人だっていうことをね、みんなは全然知らなかったわけだ。これにはずいぶん驚かれちゃってね。宮嶋くんなんかはちょっと怒ってたな。きみほど我が社に尽くしている人はいないだろうってこう言うわけだよ。きみの新規のお客さんとの接し方はすごかった、混乱していただけかもしれないがなんだかんだと喋りまくって見事に海神を取らせちゃったんだって、宮司がいらっしゃる前でわあわあ騒いでたよ。あれで有給もボーナスもないなんて不公平だってなあ。だからこれは前例のないことではあるんだが、前例のないことのほうが浜野くんらしいという宮司のお考えもあって、ぜひきみを高堂会館に迎え入れようということになったんだ。もちろんカサギさんとよく話し合って、じっくり考えて決めてほしい。できれば次年度から新体制で動き出せればと思ってはいるんだけれど。我が国も新帝様をお迎えして、心機一転するときだ。高堂神社もますます大きく前へ漕ぎ出すつもりでいる。会館も続かなくてはね」

社長はそれから体を新田のほうに向け、「浜野くんはもはや高堂に欠かせない人物です」と言った。「どうか前向きにご検討くださいね。カサギさんには先代の社長の頃から大変お世話になってますけど、あの方も本当に、いつでも高堂のためにと尽くしてくれた。我々のこの提案にも、きっと天国からのご理解を示してくださっていることと思います」

なーにが天国からのご理解だよ……、と社長室や営業事務所の入っている別棟を出るなり新田は呟いた。まったく同じことを思っていた浜野は、自分の言葉が他人の口から飛び出すというその奇術めいた現象に驚き、笑った。

しかし風に舞い上がる落ち葉の中、身をすくめ、前をにらみつけて歩く新田は、それには気付かずぶつぶつと続けた。「連中、要はこんな腹だぜ。まずきみをカサギと別れさせて高堂に引き入れるだろ。そうなればもう海神の間をカサギにまかせる理由もなくなるから、そこでまた天国からのご理解を持ち出して完全にうちと手を切るつもりだ。で、安い梱を入れるんだよ。海神の間もきっと、きみ以下のスタッフは全員梱にしちまいたいんだ」

スラックスのポケットに手を突っ込み、新田と同じように身をすくめて歩きながら、浜野は梱さんたちに囲まれて働く自分を想像した。それはかつて一度も思い描いたことのない光景だった。

「まあでも、本当に、きみの好きにしてくれよな。買われているのは事実なんだし、きみの人生だ。うちのことは気にしないでいい」

そうですね、とりあえず今度ちゃんと金の話をしてみます、と本当はそんなことを言っておくつもりでいたが、急に明るくなった新田の声を聞いたら気が変わって、「新田さんはもう、高堂のことは本当にいいんですか」と浜野は尋ねた。「新田さんはまだ諦めてないんじゃないかって、おれ、なんとなくそう思ってたんですけど。確かに今はだいぶやられてるけど、海神だけはなんとかしぶとく残ってるわけで、そこのところに新田さんは賭けてるんじゃないか、二階を取り戻すチャンスが巡ってくるのを待ってるんじゃないかって、そんなふうな感じをおれはなんとなく受けてたんですけど」

「そういう気持ちも、まあ、なくはなかったけどね……」

「カサギを残すんなら雇われてやってもいいって、おれ、そう言ってみようかな」浜野は軽い口ぶりで言った。「カサギはおれにフィックスさせとけって、そう言ってみようかな。強気でいくと向こうはかえって喜ぶから、案外通りそうな気がするけど」

新田は泣き出しそうな顔で笑った。「浜野くん、気持ちは本当にありがたい。でも頼むからそんなこと考えないでくれ。うちのことはもう気にしなくていいんだ」

「いや、気持ちなんてもんじゃないんです。だってぶっちゃけ、おれ、自分がカサギに対して思い入れを持ってるのかどうかよくわかんないですもん」浜野は本当にぶっちゃけて笑った。「だからそういうことじゃなくて、単純に、誰と仕事がしたいかってことなんです。おれは派遣ならではの、あのいかにも金目的な連中が好きなんですよ。昔から好きなんです。もらえるぶんだけはやる、でももらえるぶん以上はやらない、そういう、あのなんか傭兵(ようへい)っぽい感じが」

新田はハハハと笑い声をあげた。「烏合(うごう)の衆(しゅう)って感じだもんなあ」

「烏合の衆ですよ、海神は海賊船ですよ。キャプテンのやり甲斐たるや！」

浜野のやけ気味の声を聞き、新田はまたハハハと笑った。

配膳スタッフ用の更衣室を過ぎ、ゴミ置き場に差し掛かると、コーヒーでも飲むかと新田は自販機の前で財布を取り出した。コーヒーなら配膳室でいくらでも飲める、しかもそちらのほうが百倍うまいと考えながら、いただきますと浜野は返した。そのやたらに甘い缶コーヒーを飲みながら、新田はもう、どうしろともどうするなとも言わなかった。ただ吹きだまりに新たな落ち葉が次々流れ込むさまを、どこか祈るように見つめていた。

まったく馬鹿げた、気まぐれなヒロイズムだったと気付いたのは帰りの電車の中だった。ほんの一瞬だけ新田を楽にさせたかった、そして自分もその一瞬だけ楽になりたかった、それだけのことだったのだ。しかしきっと新田はもう、浜野がカサギのために高堂に身を捧げるという展開を期待し始めているに違いなかった。

浜野が派遣の人間だと知ってみんな驚いていると社長から聞かされたとき、確かにそれは驚きだと、浜野自身もそんなふうに感じていた。黒服を着るようになってからというもの「わたくしどもといたしましては」だの「高堂スタッフ一同」だのというフレーズを頻繁に使うようになっていたし、他部署のリーダー格からもキャプテン、浜野キャプテンと呼ばれて対等のやり取りをしていた。そんなことを何年も続けていたせいで、自分が外部の人間であることを忘れてしまっていたようだった。もうすっかり高堂会館の一員になった気でいて、だから正式に高堂に所属することでカサギの救世主になってやろうなどと、あんな気軽にいい恰好ができたのだ。会社勤めのスーツ集団に揉まれながらそう考え、その晩は一滴も飲んでいなかったのに浜野は今にも吐きそうだった。

派遣の人間だということは、実際は何より大事な事実であり認識であるはずだった。披露宴という大掛かりな虚構に飲み込まれるのを今日まで楽しんでこられたのも、そのおかげだったはずなのだ。自分はここに属してはいないという余裕がなければこんなに何度も披露宴に飛び込むことはできなかったはずだし、なんとかそこを抜け出たとき、自分を取り戻して安堵(あんど)することもできなかったはずだった。刺激だけをたっぷりくすねてペラとペンの滋養(じよう)にしてこられたのは、部外者だという安心があったからなのだ。

神社との関係も同じだった。国家神道と呼ばれるものや、祭神の高堂伊太郎、別棟の入り口に掲げられた旭日旗(きょくじつき)。派遣という立場を捨て高堂の直属になれば、それらと地続きの存在になる。死ぬ思いで神前に立った、あの瞬間が永遠に続いていくようなものだ。境内に張り出された〈勝利〉からも、もう目をそらせない。軍神を祀る神社のいう〈勝利〉が具体的に何を意味するのか、気付いていないふりをすることはもうできない。高堂伊太郎が十代の志士時代から退役までにいったい何人殺したか、殺された人はそのときどれほどの痛みを感じ、どれほど長く苦しんだか。血はどれほど出たか。肉はどれほど削(そ)がれたか。残された人はどれほど泣いたか。そういうことを常に気にすることになる。惨殺死体の山を指して〈勝利〉と呼ぶ、そんな言語感覚の中に生きることになる。

この話をもし蹴ったらどうなるだろう。現状のままとなるだろうか、それとも、新帝様お迎えの心機一転に合わせておれごとカサギを切るだろうか——何日もそう悩んだが、松本千帆子の婚礼が終わるまでは待ってもらおうと、とにかくそれだけは決めた。彼女を基準に考えるととりあえず道が開けることが、なんだか自分で可笑しかった。あの人がお嫁に行ってしまったらどうなるんだろう、その先おれはどう生きていくんだろうと、最近どうも進みの悪い原稿を抱き、虚しく笑いながら眠った。

客との打ち合わせを経て作成された各部署の受注書がすべて揃い、束になったものが、会場側にとっての実行指示書になる。それが営業事務所の所定の引き出しに入れられるのが本番の約一週間前だったから、他部署とのやり取りのあるキャプテンクラスを除けば、会場スタッフはだいたいいつも一週間ぶんの予定しか把握していなかった。

松本千帆子の婚礼のことを梶に知られずにいられたのもその仕組みのおかげだった。もしかしたら浜野が会場内で彼女に何か説明していたり、打ち合わせコーナーにいる姿を見かけたことはあったかもしれないが、それがどういう客なのかといちいち確認したりはしない。何かキャプテン的な仕事をしていると思っただけのはずだった。

来週はこういう婚礼があるからと、梶には自分で知らせようと考えていた。普段の流れに紛れ込ませるより、きちんと話したほうがいい気がした。しかし浜野が開けたとき、引き出しはもう空で、ああ、里井――とつい舌打ちが出た。自分に向けた舌打ちだった。そういえば少し前から、不真面目に見えて実は仕事熱心なあの若手が誰より先に指示書を持ち出すようになっていたのだ。浜野は階段を上りながら、それを梶に手渡している里井の姿を脳内に描いた。デシャップ台を机がわりに、一枚一枚、ゆっくりと書類をめくり、松本千帆子の婚礼情報をつぶさに知っていく梶の座り姿まで浮かんだ。

配膳室に入ると、梶はまさに思い描いていたとおりの恰好でそこにいた。三月最後の、目の回るような日曜をなんとか乗り越えた大勢の若いスタッフたちがコックたちから横流ししてもらったステーキを囲んで安堵と興奮の小宴会を開いている、その隅で一人、不釣合いの緊張を漂わせていた。浜野が入っていくと目を上げ、書類の束を持って揺らした。「これ、例の?」

今日まで情報を共有してこなかったのだから、そんな言い方で通じ合えるわけがなかった。しかし実際は通じ合い、宮嶋から話を聞いた二年前から、梶もまたその単独婚礼を待ち受けていたのだとわかった。海神の間になるとは思っていなかっただろうが、神社が拒まなければ話だけは進む。二階の会場のどこかに決まると予期していたに違いなかった。そしてそのとき、高堂と椚のあいだで、何か決定的な対話が持たれるのを期待していたのに違いなかった。

「うるさい、おまえら静かにしろ。ぼちぼち見学のお客さん来始めるぞ」浜野は騒乱の気配をみせ始めた若い集団をまず叱りつけ、「そう。まあでも、内容は別にたいしたことないだろ」とそれから梶に答えた。「進行もあってないようなものだし、司会もいない、料理はコースですらない。会場作りがちょっと手間なだけ」
梶は何も言わなかった。軽く頷くこともせず、ただじっと浜野を見ていた。射るようなその視線を感じながら浜野は棚から書類仕事の道具一式を取り、誰かの冗談に口の脇から肉汁を垂らして大笑いしている里井のおでこをぴしゃんとやると、「あともう一度でも騒いだら……」とだけ告げて隣の部屋に入った。出たあ、浜野さんの、先を言わないでビビらしてくるやつうと里井が言い、みんなが笑って、結局また騒がしくなった。

それでもドア一枚、壁一枚隔てるだけで静かになる。その部屋はおもに余興の演者の控え室として使われていたが、一日の終わりには、いつもキャプテンの憂鬱な書斎になるのだった。入江もよくここで報告書を書いていた。そのそばには汐見がいて、何やらぼそぼそ喋っていた。

梶はすぐ入ってきた。ドアが開き、再び閉まるまでの何秒かだけ賑（にぎ）やかさがどっと流れ込んできて、またすぐに静まった。梶は書類を広げた浜野の真向かいに腰を下ろした。テーブルは会場で使われているのと同じもので、直径は二メートル近くあった、その距離から梶は言った。

「おまえがやったんだろう」

浜野は黙って見返した。壁をつたって隣から響く、陽気さのほかは聞き取れない声を、異なる時空を流れるもののように聞いた。

「わざわざ梱を回避しようとしない限りこんなことにはならない」そう言って、梶は手に持ったままの指示書の束をもう一方の手で小突（こづ）いた。「おまえだろう。おまえが裏で手を引いたんだ」

ごまかしても無駄だと思い、浜野はペンを置いて頷いた。「でもそんなに大げさなことじゃない。ただ、どんな婚礼か見たかったから」

梶も頷いた。静かな表情だった。指示書の束をテーブルに置くと、居住まいを正し、「浜野」とあらたまった声で呼んだ。「おれはこの婚礼には協力できない。裏方だろうとなんだろうと無理だ。里井はあんな調子だけど裏はもう一人で回せると思うから、新田さんにもそう言って、おれはメンバーから外してもらうよ」

浜野はもう一度頷き、「わかった」と答えた。「わかった」

「それから高堂会館にも、高堂神社にもだ」梶は続けてそう言った。「おれはもう力を貸せない。こんなおかしなことがまかり通る場所でこれ以上やっていけない。椚に行くよ。会館での仕事をくれるって、ずっと前から倉地にそう言われてたんだ」

浜野は可笑しくもないのに笑い、テーブルの上に腕を置いた。「梶。なあ。おまえそろそろ頭冷やせよ。倉地、倉地になりすぎなんだ。おまえが椚に行ったって、そこでどれだけ尽くしたってな、見返りなんて何一つないよ。倉地はおまえと付き合いもしなければ結婚もしない。おれは別にあいつを悪人だとは思ってないけど、おまえに対して誠実じゃないとは思ってる。あいつはおまえの気持ちを利用してるよ、最初からずっとだ」

するとと梶は穏やかな笑みを浮かべ、「あいつはもうとっくに結婚してるよ」と言った。「相手は栁の権禰宜だ。だから本当はもう上原っていうんだ。平日の式だったからおれも参列してきた、すごくきれいな——というか——立派な白無垢姿だった。夏には子どもも生まれるんだ」

梶もテーブルに腕を置き、歩み寄るように身を乗り出した。そして穏やかなまま、むしろますます穏やかになって続けた。「倉地とどうにかなりたいなんて、おれはもう全然思ってないんだよ。それでもそばにいたいんだ。あいつの力になりたいし、あいつが信じるものを信じたい。だってあいつはおれが本当につらかったときに支えてくれた、ただ一人の人間だから。全部あいつが教えてくれたんだ。神とともに生きることは少しも特別なんかじゃないってこと。祈ればいつでも死者の魂と繋がれるんだってこと。死者と生者を取り持つために神社はあって、その神社を信じて生きれば本当に心強くなれるんだってこと。倉地が誠実じゃなかったことなんて一度もないよ。あいつはいつでも心からおれのためを思ってくれる。倉地はおれのたった一人の友だちなんだ」

最後の言葉の激烈さに、たまらず浜野は目を伏せた。そうしてかつて意識的に梶の祖母を避けていた自分、梶の発する救助信号に気付かないふりをしてきた自分を、テーブルクロスの桔梗色の上に見た。

「できればずっとここで働きたかったけど……」梶は許しを与えるような、柔らかな声で言った。「でも楽しかった。いい経験だったよ」

梶は立ち上がり、テーブルに沿って歩いてきた。そしてすぐそばで立ち止まり、右手を差し出した。その手をただ眺めるしかできずにいると、梶は差し出した右手をひらひらと、まるで小さな上昇気流を作り上げるように動かして浜野に起立を促した。そうしながらくぐもった、深い声で笑うのだった。

浜野はなんとか苦笑いをこしらえ、腰を上げた。あらためて差し出された手に手を重ねると、握り潰そうとしているのかと思うほどの力が来て、握り返すというよりは抵抗するかたちで結局は固い握手になる。梶はそれからごく自然に浜野を抱き、背中を叩いた。「今までありがとう。おまえといるの好きだったよ」

それからどう報告書に戻ったのか、気付くと一人になっていた。静寂が鋭く耳を刺した。隣の配膳室も無人だった。ついさっきまでみんな楽しそうに騒いでいたはずが、もうステーキの匂いさえ残っておらず、蛍光灯の安っぽい光がその空間を無意味に照らしていた。

会場は闇だった。テーブルの位置が体に染みついていなければ歩けないほどに濃い、厚い闇の中を、宴中のまばゆさとの落差におののきながら進んだ。窓に見える街灯りだけが頼りだった。テラス用の照明もすでに落とされ、窓の戸締まりも済んでいた。館内にはもうおれしか残っていないのかもしれない。神宮前の灯りを眺めながらそう思ったら、寂しさより怒りを感じた。こんなにも暗くて広い部屋におれは一人で閉じ込められているのに、世界はこうして輝きながら動き続けている。浜野はすぐ近くの競技場のことを思い出した——二十三歳の現場監督が自殺してもためらいなく工事を続ける、その競技場がある街に自分はいるのだと思い出した。

すると怒りは萎んでいき、そのかわり妙に明るい、喜びにも似た絶望が浜野の胸を満たした。この感じならおれもいけるなと、小さく残った冷静な部分で思った。

その展望にわずかながら力を得、帰り支度をした。やはり無人の更衣室で素早く着替え、境内を出る。松葉屋の前を素通りして原宿駅へ向かったが、駅舎の前まで来た途端に電車に乗る気が失せ、用はなかったが渋谷方面へ向かった。街は人と花粉の嵐だった。

神宮橋交差点を渡り始めたとき、ポケットの中で電話が震えた。長姉だった。今の自分が姉と話せる状態なのか浜野には判断できなかった。着信画面を見た瞬間、ああこの人に優しくしたいと思い、そんなふうに思うのはもしかしたら初めてかもしれなかったが、実際そうできるか自信がなかった。自分の優しさが優しさとして受け入れられる自信がなかった。それでも浜野は電話に出た。自分を捨てない人の声を今はただ聞きたかった。

もしもし、と殴り込みのような声がいつもはまず来るのだが、そのとき聞こえたのはすすり泣きの、鋭い吐息と鼻水の音だった。横断歩道を渡りきったところで浜野は立ち止まり、少しのあいだその泣き声を聞いていた。それから呼んだ。「お姉ちゃん」

うん、と姉は喉の奥で応え、咳払いをしてから、「お母さん、お父さんと別れるって」と言った。「家を出るって言ってる」

浜野は道の左端に寄った。胸が急速に熱くなっていった。「ああ。そうなの」

「友だちと一緒に住むって。似たような状況の、気の合う友だち三人で暮らすんだって」姉は涙声で言った。「誰もなんの資格もないのよ。全員パートの、全員もう、六十過ぎのおばあちゃんたちよ。だけどきっとなんとかなるって、もう部屋も見つけたんだって言うの」

「すごいね」浜野は自然と浮かんだ笑顔で囁いた。

「ねえ、お母さんに電話して。無茶だってあんたからも言って」

浜野は笑い声をあげた。姉をからかう気持ちではなかった、ただもう母の決断が、嬉しくてたまらないのだった。自分が母の結婚に反対していたことを浜野はこのとき初めて知った。母親としての母、父の妻としての母しか知らないのに、それでも結婚という状態は母に合わないと感じていたこと、どうにかして抜け出してほしいと願っていたことを、今初めて知ったのだった。

「ねえ、お姉ちゃん——」と出てきた声はしかし悲嘆の響きだった。頼りなく震え、つかえずには続けられなかった。「お姉ちゃん、お願いだから、お母さんの好きにさせてやってよ。無茶かも、確かに、でもそのとき痛い目見るのはお姉ちゃんじゃない。お母さんだよ」

「あんた何を言ってるの。それを避けようとしてるんでしょう。わたしが痛い目見るんならまだいい、でもお母さんにそんな思いさせたくない。大変な思いをしてほしくないの」

「じゃあもうお母さんは、挫折も失敗もできないってわけ。お姉ちゃんが信じる安全の中で生きていかなきゃいけないの、この先一生?」

「あんたのその他人事みたいな態度、本当に頭に来る」姉は太い声で怒鳴った。「誰の話をしてるの、今？　あんたの親の話でしょうが。いい、あんたの姉二人はもう結婚して、子どももたお父さん、その面倒を見るのはあんたなのよ。ぼちぼち自覚したらどう。いつまでもへら持った、よその家の人間なの。もう浜野家の人間じゃないの。家を出たお母さん、一人になっらしていられる末っ子じゃないの、いい、あんたは、長男なの！　絶対に逃がさないからね。そのぶんの働きはしてもらう。結婚しようと何しようと、名前を奪われずに済むのはあんただけなんだから」

「じゃあお姉ちゃんにやるよ、おれのぶんの浜野やるよ！」

飛び退くようにがなった。結婚をまさに勝利と見なしてきた姉の、それは結婚に対する紛れもない怨みと思われた。しかし恐れにまかせて発したその言葉は、馴染み深い滑稽さにあたためられて場違いなほど意気揚々（いきようよう）、笑顔で舞い戻ってきて、浜野の胸を明るく照らし出したのだった。そうだ、おれのぶんの浜野ならやる。知らないあいだにおれの財産だと思われてるもの、おれの属性だと思われてるもの、おれの意思だと思われてるもの、全部やる、全部やる――ペラとペンだけ残してくれ――でもあとは全部やる！

再び歩き出しながら、浜野は梶にこう言ってやらなかったことを悔やんだ。「なあ、おれたちずっと命がけの戦いみたいに高堂だ栁だ騒いでるけど、そもそも自分の意思で高堂を選んだんじゃないの覚えてるか？」「適当にすすめられた話に適当に乗っかっただけなの覚えてるか？」「なあ、梶、おれたち高堂伊太郎が誰かも知らなかったの覚えてるか？」

無知を取り戻したように軽快に、浜野は夜道を進んでいった。並行してのびる線路が、果てなく見えて嬉しかった。

「いいよ、そんなに言うなら捕まえてみなよ。神にも捕まらずに来たおれが、お姉ちゃんなんかに捕まるか」浜野は笑って挑発した。「そうだ、来い来い言ってないでそっちから来りゃいいんだ。東京はおもしろいよ。都知事も都民もカニバリストみたいだし、夏は地獄の本場だよ。そうじゃなくてもお姉ちゃんなんか、こっちじゃ一歩も歩けないだろうけどな。東京の人はね、お姉ちゃん、まわりに全然山がなくても迷わずひょいひょい歩くんだよ。常念岳が見えるから西はあっちだなんてやり方で世の中をとらえたりしてないんだ、だってそんなふうに頼れるものは東京には一つもないんだから。飲み屋街も歩道橋も神社の伝統もあっという間にぶっ潰れて、次の瞬間次の風景に変わるんだ。どんでん、どんでん、どんでんだよ、まばたきスパンでどんでんだよ！　そんな場所でお姉ちゃん、十六年も平気で生きてるおれを捕まえられるか。迷わずここまで来られるか。できるってんならやってみろよ。侵略戦争には慣れてるんだ、構わないでやってくれよ。浜野家総出でこの長男とやらを捕まえてみろ。やってみろよ、畜生、捕まえてみろ、十万の英霊と八百万(やおよろず)の神の総力を挙げておれを捕まえてみろ！」

通話が途中で切れたことには気付いていたが、浜野はそこまで言い切って笑った。そして顔から離した電話に悪態をつき、ポケットに押し戻しながら、母の引っ越しを手伝いに行こうと決めた。新居を見物させてもらって、母の新たな同居人たちに挨拶しよう。そして父からの仕送り十六年ぶんを彼女らの新事業に投資したいと話してみよう。母がもし金の出自にこだわったら、じゃあおれの金だと言おう。同じことだ。幻由来だ。

寒の戻りの冷気が夜に満ちていた。それでも時折舞う桜が毅然と春を謳う中を、神宮、高堂、椚の三社すべてに背を向けて浜野は進んだ。出番だよと迎えにいくとなぜか追いかけっこの始まりだと勘違いするリングボーイみたいに浮かれて、時折笑い声を漏らしながら、逃げるように南下していった。

松本千帆子の披露宴会場にはテーブル席とソファ席がゆったりと配置され、元卓としてランダムに置かれた台の上には、今、焼き菓子やサンドイッチやフルーツが並び始めていた。最終的に彼女が行き着いたテーマは図書館でも美術館でも靴の博物館でもなかった。日々の中でもっともうすらぼんやりしている瞬間、何者でもないと同時に限りなく本来の自分に近い瞬間、つまりお茶を飲んでいるとき、それを展開させて会場を作ることにしたのだ。客を招いてお茶を飲む、というのは要するにただのお茶会ではないか――と本人が気付いたのは細かいことを色々と決めたあとのことで、自分の凡庸さにずいぶんがっかりしていたが、突飛な発想ができなかったことをどこか安堵しているようでもあった。

お茶菓子が運び込まれるのと同時にゲストの入場が始まり、四〇名弱の客がぞろぞろと会場に集まり始める。引出物のかわりにと新婦が用意した、一人一人に宛てた手紙を、入り口で受け取って入場する。ゲストはホストを映す鏡だとはよく言われることだったが、今ほどそれを感じたことはなかった。松本千帆子の客たちは皆慎重に、しかし好奇心いっぱいに会場内を歩き回り、飾られた絵や植物を見ては驚いたり感心したりしている。メインテーブルの上に置かれた大型テレビが無音で海外アニメを映し出しているのを見て、あいつこれもう百万回は観てるくせにね、と旧友と思しき女性たちが笑う。千帆だねえ、ほんと！

すすめるまでもなくくつろぎ始めた客たちを見届けてから、浜野はいったん配膳室に引っ込んだ。初めてデシャップを任された里井が、そこに立つ者が代々使い続けてきたぼろぼろのバインダーを手に青い顔をしている。この一週間確認し続けている婚礼内容を今もまた確認している里井が恐れているのは、これから始まる松本千帆子の披露宴というより、その後さらに二件もの披露宴が控えていることだった。怒濤（どとう）のどんでんを乗り切れるか、一三五名及び一五〇名の婚礼料理を時間内に出し切れるか、みんなに的確な指示を出せるか、アレルギー対応は万全か……

「もうやだよお、いきなり三件なんておれ無理ですよお」相手がキャプテンだろうと後輩だろうと構わず弱音を吐く里井は、浜野を見るなり泣き出しそうな顔で言った。「なんでおれ一人なの。なんで梶さんいないの。なんで誰もおれのそばにいてくれないの！」

浜野は里井の肩を叩いた。「大丈夫、始まればあとは終わるだけ」

「でもおれ誰かにいてほしいんですよ。ちゃんとそばにいてほしいんですよ！」

そこでインカム越しに、新婦の準備が整ったとアテンダーから連絡が入る。「海神浜野です、お待ちしてます」と浜野はまずそちらに返してから、「ほら、もう終わるだけ」と里井に向けて言い、入ってきたのとは反対のドアへと歩き出した。「始まるよ！」

するると里井は急に吹っ切れたようになり、パーティー、パーティー！　とやけっぱちのかけ声をあげ始めた。パーティー、パーティー！　とカップやティーポットを運び込んできた連中もおもしろがって続いた。パーティー、パーティー、パーティー！　浜野は笑い、いくつにも重なっていくその声をかき分けるようにして配膳室を抜け出した。

ポケットから取り出した白手を着けながらエレベーターホールへと向かっていると、招待客の最後の一人と思われる男性が、絨毯敷きの階段を上ってくるのが見えた。トントントンと足は素早く動いているのに、表情はスーツの黒に合わせたように暗く、こちらの挨拶に応える会釈もどこか不安そうだった。浜野は先に立ち、この自分と歳の近そうな、入場前の主役と扉の前でうっかり出くわしてしまうタイプの間の悪いゲストを会場に案内した。自分の入場シーンを特に設定しなかった松本千帆子は――「なんとなく入っていきますので……」――誰がどこにいようと気にしないはずだったが、浜野はなるべく、彼女が到着する前にすべてのゲストを会場に入れておきたかった。

「お式はいかがでしたか」エレベーターホールの横を過ぎ、会場へ続く短い通路を歩きながら浜野は尋ねた。知人友人ならではの忌憚ない感想とそれにつきものの笑顔を期待したのだったが、黒スーツの客はただばつが悪そうにしただけだった。「式には、実は出てなくて……」
そのとき、もう何十年使い続けているのかわからない古いエレベーターが、ガタンと音をたてて開いた。その音だけなら男はたぶん振り向かなかったが、女が大きく息を吞んだ、その鋭い緊迫の音で振り返った。輝くような象牙色の、細かな刺繍がたくさん入ったワンピースに身を包んだ松本千帆子は、アテンダーに伴われてエレベーターホールに立っていた。柔らかく膨らませた髪にはベールがわりの花冠を斜めに飾り、その下で、ひときわ華やかに咲いたのが冠から二つこぼれ落ちたかのように大きく目を見開いて、黒スーツの男をまっすぐに見つめていた。

男もまた彼女を見ていた。階下から帯びていた憂いが一瞬、濃くなったのを浜野は見たが、ハハハハと笑い出したときはもう跡形もなくなっていた。浜野は何年かぶりで西崎に会ったときの梶を、その直前まで抱えていた仄暗い本音をすべて丸ごと飲み込んでしまった、あの圧倒的な喜びを思い出した。

一方の松本千帆子は置いてけぼりだった。彼女はどうしても笑うことができず、ただその場に立ち尽くすばかりで、何もかも解決したという様子で再び背を向けようとする相手を見てようやく、「てっ」と声に出した。テツヤ、テツロウ——浜野は身構えるように男の名を予想したが、続いた言葉はこうだった。「手紙は、帰ってから読んで……」

男はなんとも答えなかった。まだ会場に入っていない彼は、手紙というのがなんのことかもわからないのだ。ただとにかく嬉しそうに、それが答えになるだろうと確信しているかのように、「おめでとう」とだけ言った。再び歩き出した彼のために浜野は扉を開けた。新郎になり損ねた――あるいは、新郎になるのを免れた――男は、もう振り返らなかった。

扉を閉め、見ると、新婦はアテンダーから受け取ったガーゼに涙を吸わせていた。書斎がわりに使っている例の控え室で休ませようかとも思ったが、それには及ばず、すぐ立ち直って歩き出した。いったん外し、再びかけた眼鏡はいつもと同じだった。ワンピースと揃えた象牙色のパンプスで歩いてくる、ゆっくりとした足取りもいつもどおりだった。

「お式はいかがでしたか」

閉めた扉に背を向けて立ち、浜野は尋ねた。一つ覚えのようだなと自分でもあきれたが、今の一幕に触れまいとして聞いたのではなかった。本当に知りたかったのだ。会場の準備とちょうど時間が重なるため挙式には立ち会えないことは最初からわかっていたが、過ぎた今でもまだそれが悔しかった。未練の理由はもちろん、神前での誓詞奏上を聞けないことだった。〈誓詞〉と書かれたほかは空白の紙を宮嶋から手渡されたとき、いつもの打ち合わせコーナーで、松本千帆子はじっとその空白を見つめていた。彼女の婚礼の核となる空白だった。彼女は家に持ち帰ってその空白を埋めたが、具体的な文言を聞かせてほしいと浜野が何度頼んでも決して教えてくれなかった。本番までは誰にも言わない、つまり神様が最初だとこだわるのだ。自分はその本番に立ち会うことができないのだと訴えたのだが、結局、「わたくしは」で始まり「誓います」で終わることしか教えてもらえなかった。

松本千帆子は、しかしこちらの悔しさになど気付いてもいない様子で、「いやあ、緊張しました」と清々しく笑った。「手も声もぶるぶる震えて。でもなんとか乗り越えられました。実はわたし、ゆうべ、ここの神様のことでちょっとすごいこと知っちゃったんです。そのおかげで心に余裕ができて」

「すごいこと？」

「はい、本当にすごいんです、全部ひっくり返るくらいに」彼女はそう言うと、アテンダーをそっと引き離すようにこちらに寄った。「きのう、前日打ち合わせから戻ったあと、高堂伊太郎のことをちょっとだけ調べてみたんです。これまではわたしそんなこと、ほとんど気にもしてなかったんですけど――ただ漠然と、神様、というだけのことで――でもとうとう明日だ、誓いの言葉を明日言うんだと思ったら急に、いったい誰に言うんだろう、どんな人が聞くんだろうと気になり始めちゃって。それでちょっと調べてみたんです。そうしたら驚愕の事実。高堂伊太郎は、生前、自分を祀った神社を建てることに反対していたんですって。神格化されることをいやがってたって」

壁際で退屈そうに爪をいじっているアテンダーを、浜野はちらりと窺い見た。部外者がちょっとインターネットに頼っただけで知れるような情報が、なぜか極秘事項のように思われた。

「知ってました？」と松本千帆子も小声で尋ねる。

「いえ、ちっとも……」自分の無知を晒すことに、恥より快感をおぼえながら浜野は答えた。

「でも、じゃあ、なんで建てられちゃったんでしょう」

「それがどうも、梱萬蔵が神様になったからしいですよ」松本千帆子は後ろめたそうに囁いた。「参宮橋のほうに、梱神社というのがあるのをご存じですか。そこに祀られている梱萬蔵というのが高堂伊太郎の相棒のような人らしいんですけど、明治天皇のあとを追って立派に死んで祀られることになったので、それじゃあ高堂も合わせなくてはというふうになったらしいんです。いやだという本人の意思が、死んだあとに揉み消されてしまったんです。それを知ってわたし、なんか、すごく……」

「ひどいですねえ」

「そう、ちょっと、そういうふうに思っちゃって」浜野の言葉に安堵し、打ち明ける口調になる。「あ、だからって、今ここで働いている人たちに何か思うなんてことはないですよ。ただどうしても、神前で誓うとなると気になっちゃって。申し訳ないでしょう、だってそんな、いやいや神様になったような人に……。それでちょっとゆうべは呆然としてしまって。でも、寝る前にふと思ったんです。高堂さんは、実際は神様にはならなかったんじゃないかって」自分の言葉に、松本千帆子はうっすら笑った。

「高堂伊太郎さんがどんな方か、詳しくは知らないけど、大事を成し遂げるような人なんだからきっと強い意志の持ち主のはず。生前に拒んだものは死後も拒み続けたんじゃないか、そんなふうに思ったんです。つまり高堂神社に神様はいなくて、誰もが自由に祈ったり、誓ったりできる場所があるだけなんだって。そしたらすうっと気が楽になって——それでもガチガチでしたけど——なんとか終わりまで誓いの言葉、言えました。斎主を務めてくださった宮司さんも、明るくてとてもいい方で。高堂神社で挙式できて、わたし本当によかったです」

彼女が言葉を切るずいぶん前から、浜野はこぶしを口にあてて笑い始めていた。高堂神社に神様はいない。十六年もその神に振り回されて生きてきた人間を前に、なんということを言うのだろう。ひどいオチだ、あまりにひどい。本当に全部ひっくり返った。

今日を終えたら速やかに結論を出さねばならない出処進退についての考えが、そうして笑っているうちにまとまった。高堂かカサギかあるいは、と惑っていた心は嘘のように静まり、定まって、浜野は呼吸を落ち着かせながら蝶タイのベルトを締めた。近い将来、倉地と梶が大群を率いて海神の間を落としに来るときが——来ないわけがない——楽しみにさえ思えてきた。

松本千帆子は問いかけるような笑みでこちらを見ていた。「いいエピソードをありがとうございます」とその笑顔に囁き、浜野はドアハンドルに手をかけた。「じゃあ、行きますか」

新婦は頷き、同志の声で答えた。「行きましょう!」

それは浜野が初めて経験する、大音量の音楽も、司会の派手なアナウンスもない入場だった。片側だけ開かれた扉からそっと中へ入っていく新婦を、ただ黙って送り出すだけだ。そして何秒かしたら自分も同じ扉から、同じくらいささやかに入り、自然発生した拍手に包まれながらゲストの一人一人と挨拶を交わしている新婦を見守る。

窮屈（きゅうくつ）な進行で追い立ててくることのない披露宴は、浜野を半ば解放し、ゲストの一員のようにぶらぶら会場を歩き回ったりサンルームの窓から外を眺めたりする自由を与えた。今朝までは確かにあった、この婚礼が終わってしまうことへの恐れもいつしかなくなっていた。それどころか、今はそのときが待ち遠しい。書かれるべき物語に呼ばれているのを感じ、白紙に向かう瞬間を思うだけで胸が高鳴った。いったいなぜこんなことに生かされているのか、今さらながら不思議に思う。これはいったいなんなんだろう。腹の足しにもならないのに、生きるのに欠かせない、なぜそんなものがあるんだろう。

花曇りの空に浜野は〈誓詞〉とだけ書かれた紙を広げてみる。その空白をどう埋めるか考えてみる。わたくしは――わたくしは――。まったく続かず、笑ってしまうが納得もする。つまりそういうことなのだ。空白がおれの連れ合いだ。

春風に吹き上げられたレジ袋を凧と見間違え、いっとき奪われた目を、ゆっくりと会場内に戻した。宴もたけなわ、ソファに座った松本千帆子をみんなで囲み、お喋りに興じている。ゆうべ倉地と電話越しに交わした会話が、そちらへと歩き出したときにふと甦った。ちょうど松本千帆子が高堂伊太郎のことを調べていた頃かもしれない。今からでも考え直す気はないかというようなことを言われ、いったい何を言っているんだというようなことを返した、まったく悲惨な会話だったが、それでも倉地は最後になかなか気の利いたことを言ったのだ。

本人としては捨て台詞のつもりだったろう。高堂と心中することになるぞという脅しでもあったかもしれない。しかしその言葉は今、新婦の笑顔、浜野の胸、この新たな祝宴に、母がいつも送り状の品名欄に投げ込む言葉のようによく馴染むのだった。お幸せに！

初出　「文藝」二〇一九年夏季号

古谷田奈月　こやた・なつき

一九八一年、千葉県我孫子市生まれ。二〇一三年「今年の贈り物」で第二五回日本ファンタジーノベル大賞を受賞、『星の民のクリスマス』と改題し刊行。二〇一七年『リリース』で第三四回織田作之助賞受賞。二〇一八年「無限の玄」で第三一回三島由紀夫賞受賞。「風下の朱」で第一五九回芥川龍之介賞候補。『望むのは』で第一七回センス・オブ・ジェンダー賞大賞受賞。他の著作に『ジュンのための6つの小曲』がある。

神前酔狂宴(しんぜんすいきょうえん)

二〇一九年七月二〇日　初版印刷
二〇一九年七月三〇日　初版発行

著者　古谷田奈月
装幀　鈴木成一デザイン室
装画　今井麗
発行者　小野寺優
発行所　株式会社河出書房新社
〒一五一―〇〇五一　東京都渋谷区千駄ヶ谷二―三二―二
電話　〇三―三四〇四―一二〇一（営業）
　　　〇三―三四〇四―八六一一（編集）
http://www.kawade.co.jp/
組版　KAWADE DTP WORKS
印刷　大日本印刷株式会社
製本　小泉製本株式会社

Printed in Japan ISBN978-4-309-02808-8
落丁本・乱丁本はお取替えいたします。

ぼくはきっとやさしい

町屋良平 著

男メンヘラ、果敢に生きる！　恋に落ちるのは、いつも一瞬、そして全力——無気力系男子・岳文、ピュアで無謀な恋愛小説。

空港時光

温又柔　著

羽田⇕台北——空港を舞台に鮮やかに浮かびあがる10の人生、そして新しい生のかたち。各紙絶賛の表題作「空港時光」と傑作エッセイ「音の彼方へ」を収録した、温又柔の飛翔作。